唐宋词选
跨出诗的边疆

林明德———— 编撰

九州出版社
JIUZHOUPRESS

图书在版编目（CIP）数据

唐宋词选：跨出诗的边疆 / 林明德编著. -- 北京：
九州出版社，2019.1

ISBN 978-7-5108-7821-3

Ⅰ. ①唐… Ⅱ. ①林… Ⅲ. ①唐宋词—选集 Ⅳ.
①I222.84

中国版本图书馆CIP数据核字（2019）第004174号

唐宋词选：跨出诗的边疆

作　　者	林明德
责任编辑	张艳玲
出版发行	九州出版社
地　　址	北京市西城区阜外大街甲 35 号（100037）
发行电话	（010）68992190/3/5/6
网　　址	www.jiuzhoupress.com
电子信箱	jiuzhou@jiuzhoupress.com
印　　刷	三河市兴博印务有限公司
开　　本	787 毫米×1092 毫米　32 开
印　　张	9.5
字　　数	180 千字
版　　次	2019 年 11 月第 1 版
印　　次	2019 年 11 月第 1 次印刷
书　　号	ISBN 978-7-5108-7821-3
定　　价	50.00 元

用经典滋养灵魂

龚鹏程

每个民族都有它自己的经典。经，指其所载之内容足以做为后世的纲维；典，谓其可为典范。因此它常被视为一切知识、价值观、世界观的依据或来源。早期只典守在神巫和大僚手上，后来则成为该民族累世传习、讽诵不辍的基本典籍。或称核心典籍，甚至是"圣书"。

佛经、圣经、古兰经等都是如此，中国也不例外。文化总体上的经典是六经：《诗》《书》《礼》《乐》《易》《春秋》。依此而发展出来的各个学门或学派，另有其专业上的经典，如墨家有其《墨经》。老子后学也将其书视为经，战国时便开始有人替它作传、作解。兵家则有其《武经七书》。算家亦有《周髀算经》等所谓《算经十书》。流衍所及，竟至喝酒有《酒经》，饮茶有《茶经》，下棋有《弈经》，相鹤相马相牛亦皆有经。此类支流稗末，固然不能与六经相比肩，但它各自代表了在它那一个领域中的核心知识地位，却是很显然的。

我国历代教育和社会文化，就是以六经为基础来发展的。直到清末废科举、立学堂以后才产生剧变。但当时新设的学堂虽仿洋制，却仍保留了读经课程，以示根本未斩。辛亥革命后，蔡元培担任教育总长才开始废除读经。接着，他主持北京大学时出现的"新文化运动"更进一步发起对传统文化的攻击。趋势竟由废弃文言，提倡白话文学，一直走到深入的反传统中去。论调越来越激烈，行动越来越鲁莽。

台湾的教育、政治发展和社会文化意识，其实也一直以延续五四精神自居，以自由、民主、科学为号召。故其反传统气氛，及其体现于教育结构中者，与当时大陆不过程度略异而已，仅是社会中还遗存着若干传统社会的礼俗及观念罢了。后来，台湾朝野才惕然憬醒，开始提倡"文化复兴运动"，在学校课程中增加了经典的内容。但不叫读经，乃是摘选《四书》为《中国文化基本教材》，以为补充。另成立文化复兴委员会，开始做经典的白话注释，向社会推广。

文化复兴运动之功过，诚乎难言，此处也不必细说，总之是虽调整了西化的方向及反传统的势能，但对社会普遍民众的文化意识，还没能起到警醒的作用；了解传统、阅读经典，也还没成为风气或行动。

二十世纪七十年代后期，高信疆、柯元馨夫妇接掌了当时台湾第一大报中国时报的副刊与出版社编务，针对这个现象，遂策划了《中国历代经典宝库》这一大套书。精选影响国人最为深远的典籍，包括了六经及诸子、文艺各领域的经典，遍邀名家为之疏解，并附录原文以供参照，一时朝野震动，风气丕变。

其所以震动社会，原因一是典籍选得精切。不蔓不枝，能体现传统文化的基本匡廓。二是体例确实。经典篇幅广狭不一、深浅悬隔，如《资治通鉴》那么庞大，《尚书》那么深奥，它们跟小说戏曲是截然不同的。如何在一套书里，用类似的体例来处理，很可以看出编辑人的功力。三是作者群涵盖了几乎全台湾的学术菁英，群策群力，全面动员。这也是过去所没有的。四，编审严格。大部丛书，作者庞杂，集稿统稿就十分重要，否则便会出现良莠不齐之现象。这套书虽广征名家撰作，但在审定正讹、统一文字风格方面，确乎花了极大气力。再加上撰稿人都把这套书当成是写给自己子弟看的传家宝，写得特别矜慎，成绩当然非其他的书所能比。五，当时高信疆夫妇利用报社传播之便，将出版与报纸媒体做了最好、最彻底的结合，使得这套书成了家喻户晓、众所翘盼的文化甘霖，人人都想一沾法雨。六，当时出版采用豪华的小牛皮烫金装帧，精美大方，辅以雕花木柜。虽所费不赀，却是经济刚刚腾飞时一个中产家庭最好的文化陈设，书香家庭的想象，由此开始落实。许多家庭乃因买进这套书，而仿佛种下了诗礼传家的根。

高先生综理编务，辅佐实际的是周安托兄。两君都是诗人，且侠情肝胆照人。中华文化复起、国魂再振、民气方舒，则是他们的理想，因此编这套书，似乎就是一场织梦之旅，号称传承经典，实则意拟宏开未来。

我很幸运，也曾参与到这一场歌唱青春的行列中，去贡献微末。先是与林明峪共同参与黄庆萱老师改写《西游记》的工作，继而再协助安托统稿，推敲是非、斟酌文辞。对整套书说不上有什么助益，自己倒是收获良多。

书成之后，好评如潮，数十年来一再改版翻印，直到现在。经典常读常新，当时对经典的现代解读目前也仍未过时，依旧在散光发热，滋养民族新一代的灵魂。只不过光阴毕竟可畏，安托与信疆俱已逝去，来不及看到他们播下的种子继续发芽生长了。

当年参与这套书的人很多，我仅是其中一员小将。聊述战场，回思天宝，所见不过如此，其实说不清楚它的实况。但这个小侧写，或许有助于今日阅读这套书的大陆青年理解该书的价值与出版经纬，是为序。

倚声填心曲

林明德

词是唐、宋时兴起的新诗，它轻灵曼妙，注重情韵，最能展现中国文化的阴柔美，发挥中国文字的音乐潜能与抒情传统的魅力，比起唐代诗歌，更具活泼感、音乐性。

历来，论词每以婉约、豪放两派衡量作家，概括风格，前者隐约含蓄，托兴深远，音律舒徐和缓，像："人生自是有情痴，此恨不关风与月。"（欧阳修《玉楼春》）"莫道不销魂，帘卷西风，人比黄花瘦。"（李清照《醉花阴》）这类词，也称阴柔美。后者明白显豁、淋漓尽致，音律纵横跌宕，像："大江东去，浪淘尽，千古风流人物。"（苏轼《永遇乐》）"千古江山，英雄无觅，孙仲谋处。"（辛弃疾《永遇乐》）这类词，也称阳刚美。这是歌词的美学范畴，也是鉴赏的基点，我们的论点大致一样。虽然有些词篇难以范畴风格，但我们希望能将传统与现代结合，再创新的灵视。

这本词选，分为两部分，即，总论与各家名作赏析。前者重在词史的讨论，借以再认词的生命史与性格。后者是作家生平概述与名作赏析，试图透过中国传统诗学的智慧（印象式批评），与现代美学的观点之配合，进行探索，希望能够客观、贴切地走向词人的感情世界，进入唐宋词的宫殿。

这本词选，包括晚唐五代、北宋与南宋的重要词家二十三人，以及代表作品七十一阕（赏析四十二阕，语译二十九阕）。形式上分为小令、中调与长调，内容则有抒情、叙事与哲理。希望对唐宋词感兴趣的朋友，一道来讽诵，一道来体会唐宋词家的生命情调，探寻中华民族一脉而来的情感样态。

最后要说明的是，我们选的词大部分是根据唐圭璋的《全宋词》，并参考其他精校的版本。凡是字句上有问题的，特别在原句下面注明，读音较困难的，也酌量注音。至于每阕词的排列，原则上，以韵脚作为分行的依据，这种尝试可以清楚词的节奏与脉络。只要多加讽诵，自然可以会得。透过这本词选或许能引起你对传统文学的兴趣，那将是作者撰写的主要动机了。

目　录

上篇　总论

下篇　各家名作赏析

上篇　总论

总　论

从中国诗史上看，词是很特殊的体裁，它不仅发挥了中国文字的音乐潜能，也展示了抒情传统的魅力。因此，能够跨出唐诗的边疆，在传统文学宫殿里扮演重要的角色。

然而，关于词的起源时代与兴起背景等问题，历来聚讼纷纭，莫衷一是。我们无意在这上面多所争辩，但希望从一些新的史料加以观察，并略抒一点看法。我们确信，唯有合理地解答上述问题，才能进一步去了解词的发展史与特性。

清德宗光绪三十三年（1907），甘肃敦煌的秘密正式被揭开，并掀起敦煌学的序幕，这对汉学的贡献毋宁是划时代的。其中有一部分资料曾经使文学史的研究，推向新纪元。特别是《敦煌曲》（约三百阕）对词史久讼不决的问题提供了强而有力的新证据，贡献之大，真是难以估计。《敦煌曲》是在敦煌发现的唐人曲子（其实就是词），这些都是从未经著录的作品，由于藏在敦煌石室才得以保存下来。

对《敦煌曲》，尤其是佛曲以外具有文学性的作品加以检视，我们不难发现其中含有盛唐时代的作品，例如：

凤归云

绿窗独坐，修得君书，征衣裁缝了，远寄边隅。
想你为君贪苦战，不惮崎岖。
终朝沙碛里，只凭三尺，勇战奸愚。

岂知红脸，泪滴如珠。枉把金钗卜，卦卦皆虚。
魂梦天涯无暂歇，枕上长嘘。
待公卿回故里，容颜憔悴，彼此何如？

菩萨蛮

香销罗幌堪魂断，唯闻蟋蟀吟相伴。
每岁送征衣，到头归不归？

千行敧枕泪，恨别添憔悴。
罗带旧同心，不曾看至今。

这两阕词的内容都在叙述闺怨，字里行间蕴含着极强烈的念征夫远去的幽怨情绪，与盛唐边塞诗所表现的情调并无二致。值得注意的是，"送征衣"这事件所透露的消息，极为珍贵，从唐代政治史来看的话，将有意外的发现。原来，唐代兵制有三次变革：开始实行府兵制，其次改为彍骑，最后设立方镇之兵。"送征衣"，是府兵制度下的特有现象。唐代府兵制是兵农合一，民无事则耕，有事则战，而当兵所需的衣食完全自备。因为朝廷不负担士兵的衣食，所以每当秋凉时候，砧杵之声此起彼落地交响着，家家准备送征衣。然而，到了开元六年（718）开始有计划地废除府兵，十一年正式以彍骑取代府兵制。于此可见这两阕曲子是开元天宝时期，也就是盛唐的作品，作者是民间的无名氏。他们以活泼的语言来反映当时征戍的心声，与中国第一部词的总集《云谣集》①所展示的情调与社会现实极为吻合，像《凤归云》（征夫数载）与《喜秋天》（芳林玉露摧）等词就是最好的例证。

所以说，在盛唐时，词已在民间诞生了。

至于词的兴起背景，说法也颇为分歧，归纳起来，约有四派：（一）源于《诗经》；（二）源于乐府；（三）源于绝句；（四）源于新声，即胡乐。我们认为，任何一种新文体的产生，必定会牵涉复杂的问题，包括时代、环境、种族，与文体本身的自然规律等。词，是以本土文化为基础，配合外来文化的刺激，经由孕育而创造出来的新体裁。换句话说，词是中国文化，特别是音乐（自《诗经》、乐府、吴歌、西曲，一脉相承的"里巷之音"）和西域音乐互相融汇整合后的结果。此种文体递变的律则，一如顾炎武所说的：

三百篇之不能不降而《楚辞》，《楚辞》之不能不降而汉、魏，汉、魏之不能不降而六朝，六朝之不能不降而唐也，势也。……

15

诗文之所以代变，有不得不变者。一代之文，沿袭已久，不容人人皆道此语。（《日知录·诗体代降》）

的确，一时代有一时代的文学，词之所以能跨出唐诗的边疆，不仅是情势使然，更是在上述复杂因素下的必然结果。

词以崭新的形象盛行于民间之后，引起爱好民歌的文人的兴趣，进而模仿填词。在文人的词作里，相传以李白的《菩萨蛮》：

平林漠漠烟如织，寒山一带伤心碧。
暝色入高楼，有人楼上愁。

玉阶空伫立，宿鸟归飞急。
何处是归程？长亭更短亭。）

与《忆秦娥》：

箫声咽，秦娥梦断秦楼月。
秦楼月，年年柳色，灞陵伤别。

乐游原上清秋节，咸阳古道音尘绝。
音尘绝，西风残照，汉家陵阙。

这两阕词，黄昇称之为"百代词曲之祖"（《花庵词选》）。不过有些词论家却疑为伪作。即便如此，还是不能否定"词起于盛唐的民间，流行于士大夫层面"这一事实。因为，在盛唐或盛唐以后文人填词风气已普遍存在，像戴叔伦的《调笑令》：

　　　边草，边草，
　　　边草尽来兵老。
　　　山南山北雪晴，
　　　千里万里月明。
　　　明月，明月，
　　　胡笳一声愁绝。

张志和的《渔父》：

　　　西塞山前白鹭飞，
　　　桃花流水鳜鱼肥。
　　　青箬笠，绿蓑衣，
　　　斜风细雨不须归。

白居易的《长相思》：

　　　汴水流，泗水流，

流到瓜洲古渡头，

吴山点点愁。

思悠悠，恨悠悠，

恨到归时方始休，

月明人倚楼。

至于刘禹锡的《竹枝》，鲜活的语言、乡土的题材，更深具民歌味道。这些例证说明了盛唐以来文人从事填词的事实与兴趣。不过，文人填词所用的语言都具有民间鲜活的气息，词调也都属于简短的小令。

文人层面填词的风气，在晚唐、五代有更进一步的发展，而且成果也更为辉煌。当时，中原纷扰，丧乱不已，唯有西蜀、南唐还维持偏安的局面，欧阳炯《花间集·序》①云：

则有绮筵公子，绣幌佳人，递叶叶之花笺，文抽丽锦；举纤纤之玉指，拍案香檀。不无清绝之辞，用助娇饶之态。

安定的生活环境与舞榭歌台的情调，助长了词的发展，加上君主（前蜀后主王衍与后蜀后主孟昶）的提倡，使西蜀词风臻于高潮，这可从赵崇祚的《花间集》（共收晚唐、五代词家十八人，作品百阕）得到证明。其中以温庭筠、韦庄两人"薰香掬艳，眩目醉心，尤能运密入疏，寓浓于淡。"（况周颐《蕙风词话》）成就最显著，为花间领袖。他们的作品，像：

> 柳丝长，春雨细，花外漏声迢递。
> 惊塞雁，起城乌，画屏金鹧鸪。
>
> 香雾薄，透帘幕，惆怅谢家池阁。
> 红烛背，绣帘垂，梦长君不知。（温庭筠《更漏子》）
>
> 红楼别夜堪惆怅，香灯半卷流苏帐。
> 残月出门时，美人和泪辞。
>
> 琵琶金翠羽，弦上黄莺语。
> 劝我早归家，绿窗人似花。（韦庄《菩萨蛮》）

圆融巧妙的表现，在词的发展上，象征词体的成熟。尤其是词调与作品数量的增加以及艺术性的讲究，使词成为新兴的独立国度。然而，也因此，文人词逐渐远离民歌的特质，成为他们逃避现实、歌筵舞榭、茶余酒后的消遣工具，难怪《花间集》所透露的大多是绮靡生活中的艳情与闲愁。

与西蜀词坛相比埒，而更具影响的是南唐词坛。由于社会安定，加上君主的爱好与提倡，所以南唐词风炽盛，作家辈出，风格独特。其中二主一冯为核心人物，他们以"乐府新词""娱宾遣兴"，盛况不亚于西蜀。像：

> 几日行云何处去，
> 忘却归来，不道春将暮。
> 百草千花寒食路，香车系在谁家树？
>
> 泪眼倚楼频独语，
> 双燕来时，陌上相逢否？
> 撩乱春愁如柳絮，依依梦里无寻处。（冯延巳《鹊踏枝》）
>
> 林花谢了春红，太匆匆，
> 无奈朝来寒雨晚来风。
>
> 胭脂泪，留人醉，几时重，
> 自是人生长恨水长东。（李后主《相见欢》）

王国维曾说："词至后主而眼界始大，感慨遂深，遂变伶工之词而为士大夫之词。"又说："冯正中词虽不失五代风格，而堂庑特大，开北宋一代风气。"（《人间词话》）可见他们在词史上的地位。若从地缘来看，西蜀处于边陲偏僻的地方，五代纷扰之际，与外界断了关系，词风也极少与其他各地流通，这种情况与南唐迥然不同。像欧阳修、晏殊、晏几道等人都是来自江西的词家，而江西又是南唐旧有属地，二主一冯的流风余韵对他们多少一定会有影响；就词学的系统而言，北宋初期的词人，完全继承了南唐的遗绪。所以，刘熙载指出："冯延巳词，晏同叔得其俊，欧阳永叔得其深。"(《艺概》)

宋朝特殊的历史条件与文化背景，使"词"成为宋代文学的标帜，它的发展不仅反映文体的运作现象，也关系到宋代的生命脉搏。小令的发展，先由冯延巳、李后主的经营，欧阳修（1007—1072）、晏殊（991—1055）继承南唐遗绪，到了晏几道而集大成，贺铸是此一脉络的后劲。他们所写的内容大多是悲欢离合与闲愁，以"诗人之句法"（黄庭坚《小山词·序》），造成沉着重厚的风格。至于词的创作动机，不仅为了"析酲解愠"，也为了赏玩，所谓授诸贵家歌儿之口，"持酒听之，为一笑乐而已。"(《小山词·自序》)

下面列举几阕词作，借以窥其风貌：

一向年光有限身，
等闲离别易销魂。
酒筵歌席莫辞频。

满目山河空念远，
落花风雨更伤春。

不如怜取眼前人。（晏殊《浣溪沙》）

候馆梅残，溪桥柳细。
草薰风暖摇征辔。
离愁渐远渐无穷，迢迢不断如春水。

寸寸柔肠，盈盈粉泪。
楼高莫近危阑倚。
平芜尽处是春山，行人更在春山外。（欧阳修《踏莎行》）

天边金掌露成霜，
云随雁字长。
绿杯红袖趁重阳，
人情似故乡。

兰佩紫，菊簪黄，
殷勤理旧狂。
欲将沉醉换悲凉，
清歌莫断肠。（晏几道《阮郎归》）

曲磴斜阑出翠微，西州回首思依依。
风物宛然长在眼，只人非。

绿树隔巢黄鸟并，沧洲带雨白鸥飞。

多谢子规啼劝我，不如归。（贺铸《摊破浣溪沙》）

由于文人学士的参与，使小令的境界为之提高，而逐渐远离间巷俚歌的风味，当然也渐渐不被普遍群众所接受，于是，教坊乘势竞造新声，里巷歌谣淫冶歌词，也乘时蜂起。《宋史·乐志》云：

宋初置教坊，得江南乐，已汰其坐部不用。自后因旧曲创新声，转加流丽。

显然是针对当时现况而说的。柳永一出，使词风为之改变，他一扫卑视里巷歌谣的心理，不惜士大夫的唾骂，为教坊乐工填词，因为他善于利用民间俚俗的语言和铺叙的手法，完成声调靡曼的"慢曲"，因此，他的歌词不仅盛行倡馆酒楼，民间也风靡一时，叶梦得《避暑录话》云：

柳耆卿（永）为举子时，多游狭邪，善为歌辞。教坊乐工，每得新腔，必求永为词，始行于世。于是声传一时。余仕丹徒，尝见一西夏归朝官云："凡有井水处，即能歌柳词。"

在柳永《乐章集》里，共有二百阕词，用调一百三十左右，小令只有三十余调，全集有十分之八都是长调。这种数量是前所未有，而且他写长调技法高妙，其长篇巨幅，开阖变化，已达运用自如之境。在叙述伤春惜别，室内身边之外，也写出更深曲的情感，更开阔的境界。冯煦云：

耆卿曲处能直，密处能疏，奡处能平。状难状之景，达难达之情，而出之以自然，自是北宋巨手。（《宋六十一家词选·例言》）

柳永的尝试使歌词（口语化）又与民众接近，而"变旧声作新声"，更使词体恢张，有驰骋才情的余地。但他仍然脱不掉绮罗香泽之态、儿女之情，所谓"大概非羁旅穷愁之词，则闺门淫媟之语"（《艺苑雌黄》）。虽然，他的词都是音律谐婉，却有些"词语尘下"（《苕溪渔隐丛话》引李清照评语），成为《乐章集》的瑕疵③。可是瑕不掩瑜，柳永是中国词史上第一位写长词既多又好（就数量与品质而言）的人。他的词作，像《雨霖铃》《八声甘州》，写登山临水、望远兴怀，凄清高旷，言近意远；同时音律谐婉，细密妥溜，因此自北宋以来，一直脍炙人口，腾传后世。下面抄录他的《凤归云》，以见《乐章集》的成就之一斑。

向深秋，雨余爽气肃西郊。
陌上夜阑，襟袖起凉飚。
天末残星流电未灭，闪闪隔林梢。
又是晓鸡声断，阳乌光动，渐分山路迢迢。

驱驱行役，茸茸光阴，蝇头利禄；蜗角功名，毕竟成何事、漫相高。

抛掷云泉，狎玩尘土，壮节等闲消。

幸有五湖烟浪，一船风月，会须归去老渔樵。

柳永之外，擅长慢曲的词家，如张先（990—1078）、秦观（1049—1100）等人都是北宋词风转变的关键人物，他们曾受柳永的影响，可是写的长调却不像柳永那么彻底、那么巧妙，所以无法相媲美。不过由于他们的词清丽和婉，风格遒上，使慢词趋向淳雅，再度引起士大夫层面的兴趣与关心。

北宋前期的词，形式上，不论欧阳修、二晏的小令，或秦观、柳永的慢词；风格上，不论典雅或俚俗，都没有突破"词为艳科"的藩篱。内容大都局限于男女的悲欢离合，一己的春愁秋恨与无端闲愁，"靡靡之音"充满词坛，风格更是柔弱无力。他们以游戏态度，在作诗为文之余才去填词，或者由于环境的关系，替乐工官妓而倚新声，往往视为"小道"，不敢自跻"大雅"之林。这种情况到了豪放派领袖苏东坡（1037—1101）才有突破性的发展。他首先打破传统的狭隘观念，开拓词的领域、提高词的地位、经营词的意境，使词脱离小道末技，达到与诗文同样的庄严地位。胡寅云：

眉山苏氏，一洗绮罗香泽之态，摆脱绸缪婉转之度。使人登

高望远，举首高歌，而逸怀浩气，超然乎尘垢之外。于是花间为皂隶，而柳氏为舆台乎。（《酒边词·序》）

王灼亦云：

东坡先生非心醉于音律者，偶尔作歌，指出向上一路，新天下耳目，弄笔者始知自振。（《碧鸡漫志》）

东坡以卓荦不群的自尊、高雅磊落的人格，加上天资学问与豁达胸襟，形诸词篇，造成逸怀浩气的风格。晁补之说他："横放杰出，自是曲子内缚不住者。"（《词林纪事》引）刘辰翁也说："词至东坡，倾荡磊落，如诗、如文、如天地奇观。"（《须溪集·辛稼轩词序》）虽然，他的词难免有"不谐音律"（晁补之《词林纪事》引）与"要非本色"（陈师道《后山诗话》）等攻讦，然而，苏词高处，"出神入天"，足以"开拓万古之心胸，推倒一世之豪杰"。他的词，豪放高旷、清丽韶秀，兼而有之，以宋词比唐诗，则东坡似太白。例如（《念奴娇·赤壁怀古》）：

大江东去，浪淘尽，千古风流人物。
故垒西边，人道是，三国周郎赤壁。
乱石崩云，惊涛裂岸，卷起千堆雪。
江山如画，一时多少豪杰。

遥想公瑾当年，小乔初嫁了，雄姿英发。

羽扇纶巾，谈笑间，强虏灰飞烟灭。

故国神游，多情应笑我，早生华发。

人生如梦，一尊还酹江月。

再如《定风波》：

莫听穿林打叶声，

何妨吟啸且徐行。

竹杖芒鞋轻胜马，

谁怕？

一蓑烟雨任平生。

料峭春风吹酒醒，

微冷，

山头斜照却相迎。

回首向来萧瑟处，

归去，

也无风雨也无晴。

不仅横放杰出，而且字里行间有自己的人格、学问、情感与思想，这是东坡词的独特之所在。

柳永在形式上使宋词恢张，苏轼在内容上使宋词开拓，在宋词发展上，他们都可说是极为重要的角色。然而，柳永为迎合大众的趣味，"骫骳（wěi bì）从俗"（陈师道《后山诗话》），难免"词语尘下"，风格纤佻鄙俗，因此颇不为士大夫所赏识。苏轼以"横放杰出"的才情，开辟疆域，可是他的词句多不协律，当世以为"要非本色"，加上他的词境"出神入天"，境界高妙，很难被时俗所理解。于是，折中于两者之间的"典型词派"便应运而生了。此派特别讲究词句的浑雅与音律的和谐，以挽救柳、苏词的缺失。标帜一出，风起云涌。

典型词派的作家，以"负一代词名"的周邦彦（1056—1121）为领袖，他是词的"集大成者"（周济《宋四家词选·序论》）。由于美成"好音乐，能自度曲"（《宋史·文苑传》），又"尽力于辞章"，并且在宋徽宗时提举大晟府，有机会"讨论古音，审定古调。……又复增演慢曲、引、近，或移宫换羽，为三犯、四犯之曲"。（张炎《词源》）对柳、苏词调和融化，弃短取长，建立形式格律化，并推动乐曲的发展，成为北宋后期词风转变的枢纽。所以，陈廷焯《白雨斋词话》说：

词至美成，乃有大宗；前收苏、秦之终，后开姜、史之始。自有词人以来，不得不推为巨擘。

一部《片玉词》就是他理论的实践。然而音律严整，词句工丽，多咏艳情、景物是它主要特色。例如：

> 风老莺雏，雨肥梅子，午阴嘉树清圆。
> 地卑山近，衣润费炉烟。
> 人静乌鸢自乐，小桥外，新绿溅溅。
> 凭阑久，黄芦苦竹，疑泛九江船。
>
> 年年如社燕，飘流瀚海，来寄修椽。
> 且莫思身外，长近尊前。
> 憔悴江南倦客，不堪听、急管繁弦。
> 歌筵畔，先安簟枕，容我醉时眠。（《满庭芳》）

整阕词既无柳永"词语尘下"的弊病，也无苏轼"多不协律"的缺欠，所以，不但为文人学士所赏识，也为伶工歌伎所喜爱，真是雅俗共赏了。

宋钦宗靖康元年（1126），金兵陷汴京，次年，徽宗、钦宗及后妃太子宗戚三千多人被俘掳北去。徽宗第九子康王赵构即位于南京（今河南商丘），改元建炎，是为南宋。面对此一政治剧变，一时慷慨之士，莫不攘臂激昂，各抱恢复失土的雄心壮志，慷慨、悲痛的心情，发为歌词，不假雕琢，苍凉激壮，自是曲子内缚不住的。所以，南宋前期约五十年的词风，多少连接东坡的横放系统。像朱敦儒、陆游（1125—1209）、辛弃疾

（1140—1207）、张孝祥等人为此期代表词家。下面特别抄录他们的代表词作，以窥其成就之一斑。

朱敦儒《相见欢》：

> 金陵城上西楼，倚清秋。
> 万里夕阳垂地，大江流。
>
> 中原乱，簪缨散，几时收。
> 试倩悲风吹泪，过扬州。

陆游《夜游宫》：

> 云晓清笳乱起，
> 梦游处、不知何地。
> 铁骑无声望似水，
> 想关河，雁门西，青海际。
>
> 睡觉寒灯里，
> 漏声断、月斜窗纸。
> 自许封侯在万里，
> 有谁知，鬓虽残，心未死。

辛弃疾《水龙吟》：

楚天千里清秋，水随天去秋无际。

遥岑远目，献愁供恨，玉簪螺髻。

落日楼头，断鸿声里，江南游子。

把吴钩看了，阑干拍遍，无人会、登临意。

休说鲈鱼堪脍，

尽西风、季鹰归未？

求田问舍，怕应羞见、刘郎才气。

可惜流年，忧愁风雨，树犹如此。

倩何人唤取、红巾翠袖，揾（wèn）英雄泪。

张孝祥《六州歌头》：

长淮望断，关塞莽然平。

征尘暗，霜风劲，悄边声。

黯消凝，

追想当年事，殆天数，非人力，洙泗上，弦歌地，亦膻腥。

隔水毡乡落日，牛羊下、区脱纵横。

看名王宵猎，骑火一川明。

笳鼓悲鸣，

遣人惊。

念腰间箭，匣中剑，空埃蠹，竟何成？
时易失，心徒壮，岁将零。
渺神京，
干羽方怀远，静烽燧，且休兵。
冠盖使，纷驰骛，若为情。
闻道中原遗老，常南望、翠葆霓旌。
使行人到此，忠愤填膺。
有泪如倾。

其中以辛弃疾的歌词造诣最为特殊，与北宋词人苏轼并称"苏、辛"。弃疾二十三岁时，从金源归南宋，是位雄心壮志的积极人物，然而，在南宋高、孝、光、宁四朝的政局、派系，与个人的身世际遇等因素下，终于使他无法"了却君王天下事，赢得生前身后名"（《破阵子》）的愿望，所以，他的词篇，有慷慨激昂，有愤懑悲凉，也有英雄失意的悲怆，就弃疾的生命史看，他是位道道地地的悲剧英雄。王国维《人间词话》云：

东坡之词旷，稼轩之词豪。

对于"苏、辛"豪放的差异，王氏从性情怀抱上着眼，识照可谓卓绝。旷，就是能摆脱；豪，就是能担当。能摆脱，所以能潇洒，胸襟旷达，遇事总是从窄往宽处想，东坡词的特征在此。能担当，所以能豪迈，境遇拂逆，无路可走之时，能够挺然特立，昂首阔步，稼轩词的特色在此。不过，旷与豪，是性情的两面，都属于阳刚美，张尔田说得好："苏辛笔力，如锥画沙。"

　　稼轩继承东坡遗绪，以北人"深裘大马"的姿态与"才情富艳，思力果锐"（周济《介存斋论词杂著》）使豪放派得到发扬光大。他的词，在内容方面，诗词散文合流，所谓"《论》、《孟》、《诗·小序》、《左氏春秋》、《南华》、《离骚》、《史》、《汉》、《世说》、《选学》、李杜诗，拉杂运用"，比东坡更大胆、更彻底。内容方面，无意不可入，无事不可言。但无论利用任何题材，都能融会贯通，处处表现作者的性情与人格。所以，《四库提要》说："其词慷慨纵横，有不可一世之概。于倚声家为变调。而异军特起，能于剪红刻翠之外，屹然别立一宗，迄今不废。"至于风格方面，他的表现多彩多姿，豪放、秾丽兼有，刘克庄云："公（稼轩）所作，大声鞺鞳（tāng tà），小声铿鍧（kēng hōng），横绝六合，扫空万古。其秾丽绵密者，亦不在小晏、秦郎之下。"（《后村诗话》）严格说来，稼轩词虽有秾丽之作，毕竟少数，激昂横绝才是他的本色。

　　宋高宗绍兴十一年（1141），宋、金和议成，次年，金遣使以衮冕册封高宗为帝，从此开始偏安的局面。当时虽不乏力主恢复的志士，但是高宗的苟安心理，与主战派的不得志，终于使他们的雄心壮志逐渐消沉（这又可从朱敦儒、陆游、辛弃疾等人后期词作的"悲怆无奈"看出）。加上杭州风光醉人，士大夫沉溺于舞榭歌台，所谓："山外青山楼外楼，西湖歌舞几时休？暖风熏得游人醉，直把杭州作汴州。"在杯酒交欢、联吟结社之际，再度引起他们追求形式、讲究词法、推敲字句、研索声韵的兴趣与余裕。当然，也因此，使南宋晚期词坛走向格律化，踵武周邦彦的典型词派，像姜夔、吴文英、王沂孙、张炎等都是此派的代表作家。其中，以姜、吴、张三人最具特色，张炎曾说：

> 词要清空，不要质实。清空则古雅峭拔，质实则凝涩晦昧。姜白石如野云孤飞，去留无迹。吴梦窗词如七宝楼台，眩人眼目，碎拆下来，不成片段。此清空质实之说。（《词源》）

就两家风格来说，虽有清空质实之别，然而，他们审音创调、琢炼字句、妙用典故的情况却是一致的。姜夔妙解音律，能自度曲，又有歌伎肄习歌声，所谓："自作新词韵最娇，小红低唱我吹箫。曲终过尽松陵路，回首烟波廿四桥。"因此，他的词句注重典雅，声韵力求精严，有周邦彦风调。陈廷焯云：

> 美成、白石，各有至处，不必过为轩轾。顿挫之妙，理法之精，千古词宗，自属美成；而气体之超妙，则白石独有千古，美成亦不能至。（《白雨斋词话》）

可见姜夔在南宋晚期词坛的地位与影响力。他的词，像《点绛唇》《一萼红》《念奴娇》《扬州慢》《暗香》《疏影》等阕都是名作代表，极其耐人寻味。

周邦彦的词风工丽，姜夔的词风清空，两人都有相当的成就，而吴文英在两家风格之外，别开奇丽蹊径，他们的词时露"意识流"手法，造成时空错综复杂的效果，将宋词比唐诗，则梦窗似义山。历来词论家对他的表现，毁多于誉，张炎的看法，与沈义父"梦窗得清真之妙，其失在用事下语太晦处，人不可晓"（《乐府指迷》）一致，直接说出梦窗的晦涩难懂。不过，正如周济所说的"梦窗每于空际转身，非具大神力不能"（《介存斋论词杂著》），梦窗的晦涩也就是他的特色，那么，对他的代表词作，像《齐天乐》（与冯深居登禹陵）、《高阳台》（丰乐楼）、《八声甘州》（灵严陪庾幕诸公游），恐怕有待仔细去玩味了。

张炎是姜夔、吴文英这一系统的继承者，也是此派词风的后进。他精于词学，强调"词以协律为先"（《词源·音谱》），并认为词要"字字敲打得响，歌诵妥溜，方为本色语"。他与王沂孙、周密的词，以浑雅、空灵、含蓄见长，笔调委婉曲折，感情低徊掩抑，主题隐晦不明。像张炎的《绮罗香》（红叶）、《西子妆慢》诸阕词就是例证。《词林纪事》引楼敬思云：

南宋词人，姜白石外，惟张玉田能以翻笔侧笔取胜，其章法句法俱超。清虚骚雅，可谓脱尽蹊径，自成一家。

就词的音律、形式、风格及表现手法而言，张炎的词已达到无以复加的地步，但是辉煌的词艺正也告示了两宋词的结束。

我们不惮其烦地从词的起源时代与兴起背景等问题的探索，到唐宋词风转变的缕析，无非想深刻去了解词的发展史与特性，从而认知中国文字的音乐潜能与抒情传统的魅力。

《全宋词》共收词家一千一百余人，作品两万多阕，不可不谓繁富，若加上唐、五代未经著录的作品，当不在此数。其中精华、糟粕纷陈，鉴赏起来颇为不便。自清代以来，虽有朱彝尊《词综》、张惠言《词选》及朱孝臧《宋词三百首》等权威选本，但都凭个人喜好，很少注意到词史的客观性。我们的尝试正针对上述的缺点，希望能更理想地重新编选，所以，就词的发展脉络，选择重要词家的代表作品来分析，所谓"入门须正"，由大家入手即是。但必须说明的是，由于篇幅的关系，我们仅能介绍二十三家及其名作赏析七十一阕（包括赏析四十二阕，语译二十九阕）。遗珠之恨，在所难免。

个人在探索过程，曾参考唐圭璋、俞平伯、王了一、胡云翼、郑因百、林玫仪等先生的著作与观点，获益匪浅，并此致谢。

【附注】

①敦煌曲《云谣集杂曲子》，共有三十首。它的抄写年代，最迟在后梁末帝龙德二年（922），距唐代亡国不到十五年。编撰

的时间，在后梁以前。

②据欧阳炯撰《花间集·序》署"时大蜀广政三年"，可知赵崇祚《花间集》编成于公元 940 年。

③例如："争奈心性，未会先怜佳婿。长是夜深，不肯便入鸳被。与解罗裳，盈盈背立银釭，却道你但先睡。"(《斗百花》)

下篇　各家名作赏析

温庭筠

（806？—873？）

在晚唐文坛，温庭筠是位造诣特殊的人物，他的诗骈骊繁缛，与李商隐、段成式号称"三十六体"（《新唐书·李商隐传》）；他的词流丽香艳，与韦庄同为《花间集》领袖，清代况周颐《蕙风词话》云：

> 韦文靖（庄）与温方城（庭筠）齐名。熏香掬艳，炫目醉心，尤能运密入疏，寓浓于淡。花间群贤，殆鲜其匹。

可见其成就之一斑。

温庭筠，字飞卿，本名岐，一名庭云，太原人。约生于唐宪宗元和中，卒于懿宗咸通末，年六十左右，是唐朝开国功臣温彦博的六世孙。他的面貌奇陋，时人称为"温钟馗"。他的才气过人，作赋都不必打草稿，笼袖凭几，一韵只要一吟，所以有"温八吟"的雅号。可是他"士行尘杂，不修边幅"（《旧唐书》本传），又喜欢讥刺权贵，多犯忌讳，因此屡试不第。后来被任命为方城尉，再迁为随州随县尉。徐商任襄阳太守，他前往依附，谋得巡官一职。

唐懿宗咸通年间，徐商被召入朝为相，庭筠前赴江东，路经广陵，当时令狐绹坐镇淮南，庭筠对他颇为不满，所以，没有拜见令狐绹，便跟一些新进少年逛游狎邪。后来在扬子院犯了夜禁，被虞候伤得脸毁齿断，才向令狐绹控诉，逮捕虞候严办，但是虞候反说他狎邪丑迹，最后，令狐绹把他们两人都释放了。从此，他的丑事传闻京师。后来，徐商以他为国子助教，可是好景不长，等到徐商罢相出镇荆州时，他也被废除了。从此他流落江湖，潦倒以终。

庭筠性情浪漫，"能逐弦吹之音，为侧艳之词"（《旧唐书》本传），很受歌伎欢迎。他的词有《握兰》《金荃》两集，是词人有词集的开始，原本现已不传，今存六十多首。王国维《人间词话》说：

"画屏金鹧鸪"，飞卿语也，其词品似之。

似就风格而言，其实，他的词"大半托词房帷"（清陈廷焯《白雨斋词话》），对于女性的心理刻画是他的专长，例如《更漏子》（玉炉香）、《梦江南》、《菩萨蛮》（小山重叠金明灭）等阕词都可算是他的代表作。下面我们特别分析他的《菩萨蛮》，以窥其词艺上的造诣。

【作品】

菩萨蛮

小山重叠金明灭，

鬓云欲度香腮雪。

懒起画蛾眉，

弄妆梳洗迟。

照花前后镜，

花面交相映。

新贴绣罗襦，

双双金鹧鸪。

【语译】

床榻边的小屏风，在晨曦的映照下，金碧山水忽明忽暗，睡美人乌溜溜的鬓发，撩乱地掩盖清香白嫩的脸蛋。早上已过了一大半，她才懒洋洋地起床梳妆打扮，描绘出弯而长的眉毛。

在大圆镜前她手拿着小圆镜，前后相对，左顾右盼发上的饰花，看到自己如花一般娇艳的容颜，她嫣然一笑。穿上刚熨平的丝绸短衣，瞧着绣在衣服上双双对对的金鹧鸪，她仿佛听到"行不得也哥哥，行不得也哥哥……"声声传来，萦回耳际。

【赏析】

在中国词史上，温庭筠、韦庄两人经常被相提并论，一婉约，一豪放，换句话说，温庭筠的表现手法委婉含蓄，借题取喻，主旨由读者去想象、推敲，所以，在美的范畴里，属于婉约派，阴柔美。韦庄的表现手法则为奔放坦率，直抒胸臆，主题容易被读者捕捉到、领略到，在美的范畴上，属于阳刚派、雄壮美。郑因百先生说：

> 飞卿托物寄情，端己直抒胸臆；飞卿词深美，端己词清俊。（《三十家词选·序论》）

是针对他们的美感特性而言。至于形式上，温词的语言，比较偏向秾丽雕琢；韦词的语言，则趋向疏淡自然。像《菩萨蛮》一词，是典型的温氏词风。

历来词评家在讨论这阕词的时候，观点几乎相同，大致以为它是在描写一位美人晨起化妆的情态。当然，也有人以为"此感士不遇也"，如张惠言的《词选》即是。我们认为，基本上，这是一阕以客观手法表现的闺怨词，因闺怨的情愫而慵懒、迟起、化妆、簪花、穿衣，而心事涌现，一脉下来，心理变化清晰可辨。读来教人佩服作者敏锐的观察力与高妙的心理刻画。这与《诗经·卫风》的《伯兮》在艺术造诣上可相媲美：

> 自伯之东，首如飞蓬，
> 岂无膏沐？谁适为容！

一般说来，中国的闺怨文学，大都出自士子之手，因此，经常被认为多少有寓意的味道。我们的看法是，诗歌的鉴赏要依据诗的脉络，贴合词义结构，不可过分深求，随意附会，如此才会得到客观的诗趣与美感。我们说温氏这阕是闺怨词，正根据上述的观点。

上阕开始两句：

小山重叠金明灭，
鬓云欲度香腮雪。

先由室内装饰小屏风写起，再刻画娇卧未起的睡美人，笔触相当仔细。第一句叙述画屏上金碧山水忽明忽暗，暗示时间是旭日初升。第二句描写睡美人乌溜溜的乱发（鬓发）与雪白的香腮，"欲度"，即"欲掩"，把鬓发拟人化，赋予　亲芳泽的欲念，不仅鲜活，而且很能诱人非分的想望。尤其把鬓发的"乌黑"与香腮的"雪白"相衬，除了色泽显著外，也点出了睡美人的娇贵，这与上句的室内装饰一致，相得益彰。接着：

懒起画蛾眉，
弄妆梳洗迟。

展示怨妇的情绪，与不得不妆扮的爱美心理。唐代诗人杜荀鹤有一首《春宫怨》：

早被婵娟误，欲妆临镜慵。
承恩不在貌，教妾若为容。

描写的情境，与温氏大致相同，不过一为诗一为词，温词的词义比较明显、传神。特别是"弄"字，更彰显了睡美人刻意美化自己的心理。

下阕开始两句：

照花前后镜，
花面交相映。

承上而来，除了补述妆扮之外，也说明了妆扮的细致。美人手拿着小圆镜，面向大圆镜，前后映照，左盼右顾头发上所戴的花，可见其美化自己容姿的细心与耐心。至于"花面交相映"，则流露美人的孤芳自赏，当她注视着自己如花一般娇艳的容颜，她不禁莞尔一笑。最后两句：

新贴绣罗襦，
双双金鹧鸪。

说明了美人妆扮的全部经过，也可以说是：美的完成。当她穿上才熨平的丝绸短衣，得意地瞧着绣在衣服上双双对对的金鹧鸪时，她脸上的表情突然呈现一抹淡淡的哀愁，仿佛有"行不得也哥哥"的鸣叫，一声声的传来，萦回耳际。是了，那是对心上人的一种期盼、一种呼唤。"鹧鸪"是鸟名，似鹑而大，背苍灰色，有紫色斑点，腹前有白圆点，它的叫声很像是"行不得也哥哥"。金鹧鸪，是绣在衣服上的金色鹧鸪，美人特别安排"双双"，可见她的用意多么深远。这是意在言外的手法，我们不能轻易放过，因为温氏托物寄情，需要我们去想象、去推敲，才能活现它的情韵。以下附《望江南》《更漏子》二首，更可见其风格。

【附录】

望江南

梳洗罢，独倚望江楼。

过尽千帆皆不是，

斜晖脉脉水悠悠。

肠断白蘋洲。

【语译】

清晨自愁梦中醒来，勉强梳洗后，就独自倚着楼阁，凝望碧波万顷的江流。一片片归帆跳入眼帘，引起一阵阵内心的激动；可是，过尽了千片的帆影，都不是我所渴盼的。时光在等待中流逝了，到黄昏时，落日的斜晖映着悠悠的江水，真是恋恋不舍的样子。无尽的期望似乎等于无尽的落空，怅望着长满白蘋草的沙洲，它的飘浮不定，又勾起我深深的愁伤。

更漏子

玉炉香，红烛泪，
偏照画堂秋思。
眉翠薄，鬓云残，
夜长衾枕寒。

梧桐树，三更雨，
不道离情正苦。
一叶叶，一声声，
空阶滴到明。

【语译】

玉炉的熏香弥满了画堂，兀自垂泪的红烛，偏偏映照着我清冷的秋思。眉间的翠黛已淡，梳就的鬓发也已残落。这漫漫的长夜啊，让我觉得被褥和枕头格外的凄寒。

三更了，窗外的梧桐树想来满身是雨吧？它好像不知道屋里有个正为离情所苦的人儿，所以，那样恣意地任雨珠洒遍它的每一片叶子，一声一声，一点一滴，把空芜的庭阶直拍打到天明。

韦 庄

（836—?）

在《花间集》里，豪放的韦庄与婉约的温庭筠并为领袖。然而韦庄的词"情深语秀"（王国维《人间词话》），"似直而纡，似达而郁，最为词中胜境"（陈廷焯《白雨斋词话》），因此，在中国词史上独树一帜，耐人寻味。

韦庄，字端己，京兆杜陵（今陕西西安市）人。唐文宗开成元年（836）生，是中唐自然诗人、苏州刺史韦应物的第四代孙。少小孤贫，却勉励向学。曾经侨居白居易的故乡——下邽，当时白居易还健在，所以韦庄平易的诗风，很可能受到白氏的影响。

唐僖宗广明元年（880），韦庄四十五岁，应举长安，恰逢黄巢叛乱，身陷长安。中和三年（883），在洛阳写下一千六百多字的长诗《秦妇吟》，借秦妇口述，描绘故国社会乱离景象，一时有"秦妇吟秀才"的美誉。后来，他带着家眷逃到江南。

唐昭宗景福二年（893），韦庄入京应试，结果名落孙山。次年（昭宗乾宁元年），他已五十九岁，才考上进士，授校书郎。难怪他悲从中来，吟道：

十年身世各如萍，白首相逢泪满缨。（《与东吴生相遇诗》）

光化三年（900），入蜀依附西川节度使王建，担任掌书记。后来，朱全忠篡唐，改国号为梁。王建也据蜀称帝，国号为前蜀，并以韦庄为宰相，因此开国制度，都由韦庄一手策划。他累迁到吏部侍郎，同平章事，死后，谥为"文靖"。

韦庄曾经在浣花溪找到杜甫成都草堂遗址，于是盖了一座茅屋为居室，并把他的诗集命名为《浣花集》。近代刘毓盘曾为他编辑《浣花词》一卷，共有五十五阕。

韦庄才敏过人，疏旷不拘小节；半生漂泊，感情婉转悲切。他的词，豪放中蕴含曲折，疏淡里不失清俊。周济说他：

端己词清艳绝伦，初日芙蓉春月柳，使人想见风度。（《介存斋论词杂著》）

可谓持平之论。下面我们拟就《菩萨蛮》五首之二加以分析，以便进一步去了解《浣花词》的真相。

【作品】

菩萨蛮

人人尽说江南好，

游人只合江南老。

春水碧于天，

画船听雨眠。

垆边人似月，

皓腕凝霜雪。

未老莫还乡，

还乡须断肠。

【语译】

向来大家都说江南的风光好极了，在外旅游的人真只该老守江南啊！为什么呢？你没听说过这儿的水到了春天，蓝得比天空还蓝，这儿有的是在画船里听雨而眠的情致。

有一位当垆卖酒的江南女儿，清秀得像天边的明月，她那柔嫩的手腕恍若凝聚着霜雪般的白细。所以，不到两鬓花白的人是不必还乡去的，还乡总教人心碎肠断。

【赏析】

韦庄的《菩萨蛮》词共有五首，大概是他晚年追忆平生旧游的作品，内容也不是一人一地一事。

现在我们要分析的是第二首。它主要是在描述游子漂泊江南的经历以及内心强烈的乡愁。

开始二句：

人人尽说江南好，

游人只合江南老。

　　先以别人的口吻直接披露"江南"的迷人好风光，当中隐含着向游人劝留的情意。"游人"——漂泊的旅人——在"江南"——异乡——原来就是"独在异乡为异客"，其心情是无奈、悲凉的，在这儿特别安排"只合"——只有合该——两字，显然是非常矛盾的。除非像贾岛"客舍并州已十霜，归心日夜忆咸阳。无端更渡桑干水，却望并州是故乡"（《渡桑干》）的迷惘，否则，"人情同于怀土兮，岂穷达而异心"的原则是不变的，正如贺知章"少小离家老大回，乡音无改鬓毛衰"（《回乡偶书》）的根源意识，家乡，永远是漂泊旅人心灵里的呼唤者、抚慰者。

　　如此说来，个中滋味便值得推敲了。从韦庄的生命史上看，他一生饱经离乱之痛，恰逢中原鼎革之际，不得已为漂泊旅人。他有家归不得，沦落"江南"，这种苦衷，一句"游人只合江南老"作了许多的抚慰，并且激切地指控（揶揄）"中原"的混乱。

　　"江南"这一地理意象的再现，充分说明了"江南"的美好平和之外，也强烈反映人人憧憬此一"乐园"的心愿，像白居易《忆江南》：

江南好，风景旧曾谙。
日出江花红胜火，春来江水绿如蓝，能不忆江南？

和盘托出了"江南"的魅力。

下面两句，甚至下阕前两句全力铺述"江南好"的内在，以及"游人只合江南老"的理由。

"春水碧于天"，即白居易所说的"春来江水绿如蓝"，是指"春水"的明媚，景致怡人，置身其中，可以荡涤情志，宠辱皆忘，把如意、不如意的心事，一股脑儿抛弃。因为视觉经验告诉我们，蓝澄澄的色泽具有平和心灵的作用。"画船听雨眠"，是江南生活中的一份闲情，属于听觉上的享受，这里的"雨"，是指"春雨"，它经常是绵绵的。在"画船"上听"绵绵春雨"敲篷击水，此种乐趣真叫人不羡仙了。倘若说"春水碧于天"是静态的视觉意象，那么，"画船听雨眠"便是动态的听觉意象。这两句把"江南"变化无穷的风光，具体而微地展示出来。

下阕开始两句：

垆边人似月，

皓腕凝霜雪。

是承上面而来，补充"江南好"的迷人内蕴。大致上说，前面所写的，都只在风景上，这两句的出现，使"江南"的形象鲜活起来，更为媚人。当然，之所谓"好"，亦更具有实际性与说服力。"垆边人"，指卖酒的江南姑娘，她们清秀得像天上明月，卖酒之际，攘袖举手露出如霜雪般的白细柔腻的双腕，真是一派撩人。有了江南美女，使江南多了浓厚的人情味，如此，"江南"之"好"更让游人留恋，乐不思蜀了。

最后两句：

未老莫还乡，
还乡须断肠。

表面上看是承继而来，可是，情境与上阕前两句脉络是密接的。游人身在"江南"，心系"故乡"，"还乡"的意愿是念念不忘的。所以"未老莫还乡"表象是悬接"游人只合江南老"，其实也反衬他内心深处触摸不得的心事。"莫"字加在"还乡"上面，表现非常绝决、无奈的语气，然则，这毕竟是"未老"阶段的想法，这时候他可以暂莫还乡，漂泊江南，可是终老故乡的念头却在内心潜伏滋长着。

"还乡须断肠"，补充上述"莫还乡"的缘故，这句看似简单平易，含意却是深邃曲折。"须"字，说得相当肯定，是无可置疑的情况。它不仅点出了有家归不得的悲哀，同时也揭发了还乡后，物是人非，满目萧索，使人悲痛肠断的中原景观。

"还乡"二次出现，流露作者强烈的回归意愿，可是令人感到悲哀的是，此种回归意愿是建立在无奈、激愤的情绪上。非常有趣的是，作者在上阕连用二次"江南"，劝留之情，极为强烈；可是在下阕"还乡"再度出现，无形中增加不少的张力与矛盾，正好反映游人潜在的回归心愿。不过，在中原纷乱的情势下，这位漂泊的旅人只好生活在挣扎、矛盾的未来岁月里了。

【附录】

女冠子

四月十七，正是去年今日。

别君时，

忍泪佯低面，含羞半敛眉。

不知魂已断，空有梦相随。

除却天边月，没人知。

【语译】

想起去年的今天——四月十七日，正是我们分手的日子。犹记得攒眉含羞的你，强忍住小河般的泪水，假装低着头沉思。

我不清楚是否别了你以后，魂魄就漂泊起来，只是常常在梦中与你相依相随。我想，除了天边的明月，是没有人能了解我们相爱相亲到底有多深。

李 璟

（916—961）

李璟，字伯玉，徐州人。生于梁末帝贞明二年（916），是南唐开国君主烈祖李昪的长子。他长得眉目如画，"神采精粹"，"器宇高迈"，好学能诗，对政治没多大兴趣，曾经打算在庐山瀑布之下筑一书斋做隐士，却没想到在昇元七年（943）继承皇位，是为中宗，又称元宗。即位后改元为保大。

保大十四年（956）正月，周世宗亲征南唐，二月袭击清流关（今安徽滁州西北），元宗派使奉表称臣。第二年二月，北周大军南下，江北沦陷。五月，南唐去帝号称王，奉周正朔。

宋太祖建隆二年（961），迁都洪州，以太子李煜留守金陵。可是南都迫隘，群僚都想回去。元宗也后悔南迁，北望金陵，郁郁不乐，次年（962）去世。

中主是具有文人气质的君主，他喜欢作词，有一次开冯延巳的玩笑说："'吹绉'一池春水（按：此为冯延巳《谒金门》词句），干卿底事？"冯延巳机警地回答："未如陛下'小楼吹彻玉笙寒'。"（按：此为李璟《摊破浣溪沙》词句）中主为之绝倒。他的词只有四阕传世。

手卷真珠上玉钩，

依前春恨锁重楼。

风里落花谁是主，思悠悠。

青鸟不传云外信，

丁香空结雨中愁。

回首绿波三楚暮，接天流。（《摊破浣溪沙》）

笔触细微，词句清新，充分表现他卓越的才情。至于内容委婉哀愁，高洁的情感，与《花间集》的秾艳娇娆是大异其趣的。

【作品】

摊破浣溪沙

菡萏（hàn dàn）香销翠叶残，

西风愁起绿波间。

还与韶光共憔悴，不堪看。

细雨梦回鸡塞远，

小楼吹彻玉笙寒。

多少泪珠何限恨、倚阑干。

【语译】

阵阵的秋风在绿波间卷起一股股愁浪，昔日丰秀的荷花如今已香销叶残，只剩得梗梗枯荷，好像跟着人间的韶光一起憔悴了，真令人不忍卒看！

密雨如织中浑然入梦，残宵梦醒时，猛觉鸡塞迢远、一身孤零。什么人在小楼里吹着玉笙，吹着吹着，仿佛把边境彻夜的凄寒都吹尽了。再多的泪珠流尽了，又怎能倾诉生命凋残的憾恨于万一呢？这样的细雨、这样的残夜里，有多少人像我这样独倚阑干、独熬凄楚？

【赏析】

中主李璟的词作不多，目前流传下来的，只有四首（据唐圭璋《南唐二主词汇笺》），其中，以这阕《摊破浣溪沙》最为著名。王国维《人间词话》云：

南唐中主词"菡萏香销翠叶残，西风愁起绿波间"，大有众芳芜秽，美人迟暮之感。乃古今独赏其"细雨梦回鸡塞远，小楼吹彻玉笙寒"，故知解人正不易得。

可见这阕词的艺术造诣。

据说此词是中主在北苑曲宴时所作，并赐给乐部歌人王感化，后主李煜即位南京，王感化献上这阕，后主看了极为感动（见《十国春秋》）。

表面上看来，这是一阕写秋恨的词篇，但是，由于中主无意间挹注个人的思想、经验，在匠心独运之下，增加了意义的深广度，因此，很容易让读者作多样的体会与联想，像王国维就是其中例证之一。当然，这也充分说明了它主题的复杂性。

上阕开始二句：

菡萏香销翠叶残，
西风愁起绿波间。

描写秋风的恣肆与凋零的景象，"秋"这一意象，在中国传统文学里，一直扮演萧瑟、死神的角色，早在宋玉的《九辩》就曾指出："悲哉！秋之为气也，萧瑟兮草木摇落而变衰。"后来，杜甫的《秋兴》与欧阳修的《秋声赋》，更是淋漓尽致地雕塑了"秋"的恐怖形象与摧毁力。

在这里，我们似乎也可体会出，中主所感觉到的那份萧瑟凋零、满目凄凉的气氛来。"菡萏"，即是荷花的别称，它出淤泥而不染，展示完美的形象，亭亭玉立，恰似君子的风范。"香销翠叶残"，蕴含荷花盛衰消长的生命循环，它来自淤泥，又将回归淤泥，是寻常的现象，然而，正因为它由盛（辉煌）而衰（寂寞），又在"秋"风的淫威之下，词人猝然目睹，情不自禁地引起悲愤，其中"西风愁起绿波间"的"愁"字，显然是词人感情的投射，所谓"以我观物，故物皆着我之色彩"的结果。

三、四两句：

还与韶光共憔悴，不堪看。

　　承上而来，因物兴情，申述自己的感触。词人以悲悯的情怀，面对眼前的破败景象，心有戚戚焉，由（外在）荷花的凋零，触发（内在）有关人生的伤感。的确，人生历程正如荷花的开落，那么它的衰败凋零，就好像青春时光的虚度衰老，词人眼看着一池残荷，心想着自身的憔悴，悲不可抑地说"不堪看"，多么的沉重、多么的无助。难怪陈廷焯会说"沉之至、郁之至，凄然欲绝"（《白雨斋词话》）了。

　　下阕开始两句：

细雨梦回鸡塞远，
小楼吹彻玉笙寒。

　　很清楚的，是从上阕写景转向叙述人事。特别是怀人之愁，伤感至极。"鸡塞"，即"鸡鹿塞"，在今陕西横山县西，这里可能泛称边远的地方。荒凉边远的"鸡塞"之所以被赋予特别的意义，是因为那是对方（他所怀念的人）淹留的地点。在细雨中入梦，咫尺相会，梦醒时，天涯一方，而无边丝雨如愁，由他个人独自细品着。"小楼吹彻玉笙寒"，点出夜阑作乐的情景，也反衬他"梦中相会"的短暂。"彻",是大曲中的最后一遍,"吹彻"就是吹到最后一曲。"寒"字在这里有两种说法:一是,"笙以吹久而含润,故云寒。"一是,在小楼上吹玉笙,清寒入骨。从脉络上来看,我们认为,必须考虑的是,它的时间是秋天下细雨的夜晚,宴会作乐,玉笙伴奏到曲尽时刻,那么,上述两种说法都可以接受。最后两句:

多少泪珠何限恨,倚阑干。

是在梦回曲尽时所作的情绪宣泄与排遣。词人内心由于悲愁高涨,一发不可收,眼泪夺眶而出,如溃决堤岸的河水。"恨"字加上"何限"两字,刚好说明了悲愁的饱和点;而"泪珠"两字冠以"多少"这数量词,也说明了他悲情的澎湃。

"倚阑干",这举动与"多少泪珠何限恨"是同时发生的,正反映出词人在极度悲感之下,孤独无助的行为表现。细读到这里,我们可以了然:为什么这阕词是"沉郁"、是"凄然欲绝"。你说是不是?

李　煜

（937—978）

从中国诗史上看，像温庭筠、韦庄、冯延巳等都可算是唐五代词坛的佼佼者，他们的文学成就是有目共睹的。然而，作为词的集大成者，则非悲剧帝王词人李后主莫属了。

后主李煜，字重光，初名从嘉，别号有钟隐、钟山隐士、钟峰隐居、钟峰隐者、钟峰白莲居士等，是中主李璟的第六位儿子。他天资敏慧，容貌出众，"丰额骈齿，一目重瞳子"，据说，帝舜是重瞳，因此，后人每以重瞳的人为帝王之相。后主酷好书画文词，精通音律，性情多愁善感。他出生的时候，正逢中国政治大混乱的局面，历史上称它为五代十国。在中原一带承递唐朝这一正统的是梁、唐、晋、汉、周五代。环绕外围的，则是十国。

当朱全忠篡唐称帝，改国号为梁的时候，唐朝的淮南节度使杨行密也据扬州称帝，国号吴。杨行密传位次子杨渭，可是大权却落到徐温的手里。徐死，由养子徐知诰继承，不久便篡吴自立，建都金陵，国号为唐，并改姓名为李昪。李昪就是后主的祖父。

后主的父亲李璟是位"神采精粹"（史虚白《钓矶立谈》）、"器宇高迈"（马令《南唐书》）的人，对政治本来没有多大的兴趣，他曾打算在庐山瀑布之下筑一书斋做隐士，却没想到事与愿违，在昇元七年（943）继承皇位。在文学艺术上他是极有素养的君主，宫中藏有丰富的墨宝典籍。李后主生长在如此的环境里，潜移默化，终于塑造了多彩多姿的艺术情调。

李后主在十八岁时，与昭惠后周娥皇成婚，周娥皇又叫大周后，是位貌美情深又精通音律的女子。这使得他们富丽豪华的宫廷生活，产生了不少香艳多情的词篇，例如：

晚妆初过，

沉檀轻注些儿个。

向人微露丁香颗，

一曲清歌，暂引樱桃破。

罗袖裛（yì）残殷色可，

杯深旋被香醪涴（láo wò）。

绣床斜凭娇无那，

烂嚼红茸，笑向檀郎唾。（《一斛珠》）

可见周娥皇的恣情浪漫，以及他们所拥有的旖旎时光。

在李昇时，南唐拥有江淮富庶之地，势力还算强盛。可是，到了李璟，情势就改观了，当周朝郭威率兵来攻击的时候，南唐不仅割大江以北土地给周朝，而且还低声下气，称臣求和。

李后主在二十五岁即位，把本名从嘉改为煜，字重光，可见其胸襟之一斑。然而局势每况愈下，这时赵匡胤已代周称帝，李煜为了苟安图存，只好转向宋朝称臣，年年纳贡。

李后主与大周后美满的婚姻生活，只维持十年，终于因为大周后红颜薄命而结束。多愁善感的后主曾为之"哀苦骨立，杖而后起"（马令《南唐书·昭惠后传》），并且"自制诔刻之石，与后所爱金屑檀槽琵琶同葬。又作书燔之与诀，自称鳏夫煜。辞数千言，皆极酸楚"。（陆游《南唐书·昭惠后传》）

大周后死后四年，后主立她的妹妹为国后，世称小周后。小周后是位风姿佳妙的美女，在大周后生病期间，经常与后主幽会，马令《南唐书》云：

后主继室周后，昭惠之母弟也。警敏有才思，神采端静。昭惠感疾，后常出入卧内，而昭惠未之知也。一日，因立帐前，昭惠惊曰："妹在此耶？"后幼，未识嫌疑，即以实告曰："既数日矣。"昭惠恶之，反卧不复顾。昭惠殂，后未胜礼服，待年宫中。

至于《菩萨蛮》（花明月暗飞轻雾）：则淋漓尽致地呈现了小周后情窦初开，热情奔放的幽会心理，这时她才十五岁。

开宝七年（974），宋太祖命曹彬等进讨南唐，次年，攻陷金陵，后主率领大臣殷崇义等肉袒出降。开宝九年正月，后主与家属数十人被解送到汴京，在渡江的时候，他回顾石头城，怆然泪下，沉痛地吟了一首《渡江望石城》：

江南江北旧家乡，三十年来梦一场。

吴苑宫闱今冷落，广陵台殿已荒凉。

云笼远岫愁千片，雨打归舟泪万行。

兄弟四人三百口，不堪闲坐细思量。

到了开封，后主着白衣纱帽，在明德楼下待罪，被宋太祖封为"违命侯"。宋太宗即位后，才为他除去这侮辱性的封号，加封为陇西郡公。太平兴国三年（978），后主去世，享年四十二岁。另一种说法是，太平兴国三年七夕，是后主的生日，他让乐伎奏乐庆祝，喧嚣一阵，为此触怒了太宗，加上太宗听到他《虞美人》"小楼昨夜又东风，故国不堪回首月明中"这些词句，更是怒不可遏，便赐后主牵机药，据说，吃了牵机药之后，头脚相就，像牵机一般地死去。

后主在位十五年，礼贤下士，敬老爱民，迫于局势而事宋，不过是为延续宗祀罢了。开始的时候，他曾把军事委托皇甫继勋，又命令徐元瑀、刁衎（kàn）为内殿传诏。可是这些人贪恋富贵，无意效死。宋师到了金陵城下，他们都把消息封锁。等到后主上了金陵城，看见宋兵旌旗遍野，大大吃了一惊，才觉悟到被近臣所蒙蔽，于是将皇甫继勋处死，并且命令镇南节度使朱令赟（yūn）率兵十五万赴难。但此时大势已去，他只有接受亡国的命运。

后主的词风，由于生活环境的转变而不同，大致上可分为前后两期。开宝八年（975），他三十九岁，是前、后两期词风的分水岭。前期多为欢乐的词篇，以大周后、小周后所交织而成的生活面，浪漫又旖旎。后期为被俘虏到去世之前的俘虏生活，精神、物质上所遭受到的痛苦是不待言的，这期的词篇，时露家国之痛与人生无常，悲怆凄楚，最为感人。例如：

林花谢了春红，
太匆匆。
无奈朝来寒雨晚来风。

胭脂泪，
留人醉。
几时重，
自是人生长恨水长东。（《相见欢》）

至于其他的词篇，像《浪淘沙》《破阵子》等，更是字字带血，句句噙泪。诚然，在政治上，后主是位亡国之君——他没法逃避命运的安排；而文学上，他却是伟大的词家——这可是天以百凶成就一词人？

大致上说来，后主的词在形式上是真率自然的，清周济《介存斋论词杂著》所谓的"毛嫱、西施,天下美妇人也。严妆佳,淡妆亦佳,粗服乱头,不掩国色。飞卿(温庭筠)严妆也,端己(韦庄)淡妆也,后主则粗服乱头矣"即是。内容上,由于诚挚感情的奔进,不仅是个人一己悲哀的流露,同时也是人类普遍悲情的展示,王国维《人间词话》说:

词至李后主而眼界始大,感慨遂深,遂变伶工之词而为士大夫之词。

又说:

后主则俨有释迦、基督担荷人类罪恶之意。

当吟诵后主词篇的时候,我们可以验证到王氏的评论的确是非常有见地。

【作品】

菩萨蛮

花明月暗飞轻雾,
今朝好向郎边去。
衩袜步香阶,
手提金缕鞋。

画堂南畔见，

一向偎人颤。

奴为出来难，

教郎恣意怜。

【语译】

月色朦胧中，依稀看出花姿的明丽，迎面拂来化不开的晨雾。趁着破晓时分，奔向情郎那边去。慌乱里套上袜子，急步上了香阶，我小心翼翼地提着金缕鞋。

他约我在画堂南端见面，一眼瞥见，忍不住扑进他的怀里，颤抖地诉说："我难得出来一趟，你可要纵情爱我！"

【赏析】

自有人类以来，恋爱幽会，就像一出迷人的剧本，经常被热恋中的男女扮演着。其中多彩多姿的情节，却因人而异，有些含蓄婉转，令人低徊；有些大胆香艳，教人向往。像《诗经·邶风·静女》：

静女其姝，俟我于城隅。

爱而不见，搔首踟蹰。

字里行间可以看出，诗中男女幽会的心情：等待中有焦虑，焦虑中有促狭。所以，不失为含蓄婉转。至于南朝文学的吴歌表现的，却是浪漫热络，其大胆香艳与《静女》迥然不同：

碧玉破瓜时，相为情颠倒。

感郎不羞郎，回身就郎抱。(《碧玉歌》)

李后主《菩萨蛮》里的恋情，介乎两者之间，既真且活，加上强烈的叙述性，使读者更为艳羡。词中的主角是李后主与小周后，时间是破晓时分，地点在画堂南端，事件则为幽会。

小周后是大周后的妹妹，她"神采端静"，是位情态纯真的少女。当大周后生病的时候，她常常到宫中来探病，因此跟李后主有了私情。李后主写这阕词，淋漓尽致地描述了他们幽会的情景，可见其心灵是天真无邪的。

上阕开始二句：

花明月暗飞轻雾，(飞，一作"笼")
今朝好向郎边去。(朝，一作"宵")

上句描写外在景象，月色朦胧，是方便幽会的时刻，如薄纱般的晨雾使得幽会带有高度的隐私性，所以，难怪小周后会喊出："今朝好向郎边去。""好"字传神地刻画出少女情窦初开，等待幽会的高涨情绪，既肯定，又兴奋。"花明"，这里除了表现花姿的明丽之外，恐怕也暗喻小周后的丰采，她像一朵明丽的花。小周后逢喜事精神爽，感情投注到外在的花朵上，是极为自然的心理，况且在女人与花的联想上是一致的，两者之间存在某些共同的属性：娇、艳。那么，她是开在晨雾里的一朵娇花，这一命题应该是可以成立的。

接着：

衩袜步香阶，
手提金缕鞋。

两句，叙述小周后迫不及待离开卧房，小心翼翼赶去幽会的过程。"衩袜"，是不曾系上的开口袜子，李后主不明说小周后会情郎之前的匆忙，而透过动作来展示，这更加深了小周后的"高涨情绪"。"香阶"，是属于富丽宫殿的建筑，这时也因"花明"清香四溢而染上嗅觉意象，也可能是小周后莅临的关系，间接营造了约会的情调。"手提金缕鞋"一句，刻画小周后的仔细心理以及维护（生怕被发觉）这次幽会的用心。金缕鞋不穿在脚上，是因为担心鞋底发出声响，怕他人发觉，所以用手提着，以衩袜的柔软代步，可以免去上面的考虑，这仿佛是猫的脚步，轻悄悄，设想极为周到，可见小周后的精灵来。

下阕开始二句：

画堂南畔见，
一向偎人颤。

点出幽会地方，同时细腻地道出了小周后奔向情郎怀抱那一刹那的心情：幽会中那份高涨的惊悸。"一向"，即"一晌"，也就是片刻的意思，在情郎怀里，她忐忑不安，颤抖一阵子，使内心高涨惊悸的情愫得以宣泄，爱情的魅力，或许在此。

接着：

奴为出来难，
教郎恣意怜。

二句，是小周后的内心话，对这次幽会等待已久，情绪酝酿得相当强烈，因此，她迫不及待在见面的时候，立刻道出了"心声"。"恣意怜"，就是"尽情怜爱"的意思。写得大胆，但并不会令人感到俚俗，原来他们两人的情感真挚，所谓"诚于衷，形于外"，让读者直觉到他们的天真可爱，这就是伟大作品的先决条件了。

最后，我们愿指出，这阕词的叙述观点，好像是第三者，其实就是李后主本人，由于他利用第三人称来写，使得这幽会更具包容性，里面那份情感也更具普遍性。再者，表面上看来，全篇好像是在写小周后，不过能这样设身处地来写小周后的心理，可见作者的观察入微，以及其内心与小周后的同情共感来。就这点来说，我们以为，全篇也掺着李后主的心声了。你说对不？

【作品】

破阵子

四十年来家国，三千里地山河。

凤阁龙楼连霄汉，玉树琼枝作烟萝。

几曾识干戈？

一旦归为臣虏，沈腰潘鬓消磨。

最是仓皇辞庙日，教坊犹奏别离歌。

垂泪对宫娥。

【语译】

我的国家有四十年的历史，有三千里地的版图。雄壮的楼阁，高耸云霄；茂密的花木，烟聚萝缠。我在这快乐天地生活着，哪里知道有战争这回事呢？

一旦做了俘虏，在哀愁苦恼中消磨日子，腰肢瘦了，鬓发也白了。最让我难堪的是，当年金陵沦陷之际，仓皇告别祖先，皇家乐队为我演奏离别歌。对着宫女，我激动得话都说不出来，只好任泪水奔流。

【赏析】

这是李后主追叙辞庙北上的作品，里面概括南唐的历史，也综摄了后主悲剧的一生。

从词义结构来说，上阕写的是后主在几代经营下来的那座乐园，过着豪华的帝王生涯；下阕描述金陵沦陷，后主肉袒出降，猝然成为阶下囚的惨痛经历。前后形成天壤之别，在这种强烈的昔今对比下，释出了撼人心弦的意义——嘲弄、忏悔、无奈、悲哀，因而构成深刻的主题。

上阕开始二句：

四十年来家国，三千里地山河。

时空并举，揭示了后主生于斯、长于斯的宇宙。南唐自先主李昪昇元元年（937）即位开国，迄宋太祖开宝八年（975）后主出降亡国，将近四十年，这是南唐的历史。根据马令《南唐书》："南唐共三十五州之地，号为大国。"这是南唐的版图。这些事情寻常是不会去想它、提它的，唯有时过境迁，才会惹人去回忆，而回忆之中，又有几许的眷恋与无奈。接着，

凤阁龙楼连霄汉，玉树琼枝作烟萝。

二句，对那座乐园进一步去刻画，展示了宫殿的壮丽与庭院的幽雅。这就是年年纳贡、苟安图存的帝王之家，它犹似空中楼阁，建立在幻想的基础上，禁不住任何的风险。然而，几代下来，让后主以为这座宫殿是安全的，他可以尽情去追求浪漫的生活情调。所以——

几曾识干戈？

这一句充分显示他的天真。从他的生命史上看，后主有意图治，可是大臣却无辅佐之心，因此，他一直被蒙蔽，到宋军压境，他才恍然觉悟，大势已去。在政治上，他的确不是一位称职的人才。"识"字隐含多重的意味。除了点出宫堡里面的苟安纵乐、沉湎和平之外，也反衬了宫堡的实际危机——也就是宋军，这股外来势力的入侵。

下阕与上阕的情境大异其趣，开始两句：

一旦归为臣虏，沈腰潘鬓消磨。

道出骤变的情势，过去的帝王，现在的阶下囚；过去的无忧无虑，现在的忧愁老瘦。难怪他会吟出无言之哀："别是一番滋味在心头。"也难怪他会揭示愁恨"恰似一江春水向东流"了。"归为臣虏"是他痛苦的根源，因此，在生理、心理的煎熬之下，他消瘦老迈。"沈腰"，是用了沈约的典故：沈约有志台司，可是皇帝不用他，因陈情于徐勉说："老病百日数旬，革带常应移孔。"后人便以沈腰作为腰瘦的代称。"潘鬓"，见于潘岳《秋兴赋》："斑鬓发以承弁兮，素发飒以垂领。"后人因把潘鬓作为鬓发斑白的代称。李后主借着这两个意象来作为凄凉下场的表白，既贴切又含蓄。"消磨"是当下情况，其实正反衬李后主从前美好的容光丰姿。

最后三句：

最是仓皇辞庙日，教坊犹奏别离歌。
垂泪对宫娥。

写出李后主一生最狼狈、最悲惨的时刻：后主哭庙，教坊以别离歌哀后主，此情此景，真教后主伤心到极点。于是，面对柔弱的宫女，情不自禁泪水沦涟。同样是宫娥，在过去是"晚妆初了明肌雪，春殿嫔娥鱼贯列"的欢乐场面，如今，却落得"垂泪对宫娥"的无助情境！多么不可思议呀！尤其在"仓皇"之际，只剩一群柔弱无助的宫女来送他，更加可见后主的孤独，那么，他的垂泪，该不只表示其内心无以言传的伤悲吧？说李后主是位悲剧帝王词家，这里可以得到充分的证明。

【作品】

浪淘沙

帘外雨潺潺，
春意阑珊，
罗衾不耐五更寒。
梦里不知身是客，一晌贪欢。

独自莫凭阑，

无限江山。

别时容易见时难！

流水落花春去也，天上人间。

【语译】

窗帘外传来潺潺的雨水声，正是春意将残的时节。室内虽然拥着丝绸的被子，就是抵不住午夜的寒气。冻醒后，想起刚才梦里，自己又回到江南，享受片刻的帝王生活，啊！这美梦，如今哪里是阶下囚所能希冀得了的？

孤独一人的时候不要凭阑远眺，面对无限的江山，会使你想起故国河山，引起无限的伤感。当时辞宗庙、别家园，是那么仓皇、那般容易，如今想到再见，却是那么困难啊！看着流水、落花的景象，我知道春天已悄悄地走了。可是令我迷惘的是，春归何处？在天上？抑或人间呢？聪明的，请告诉我。

【赏析】

在李后主的词作里，以这阕《浪淘沙》的词意最为悲苦，它流露后主被俘虏后，念兹在兹，梦回故国，醒后凄然，不敢触惹过去的苦衷。

上阕是利用倒叙手法来表现。事件顺序是由一晌贪欢而梦醒，由醒觉五更凄寒，由凄寒失眠而听雨声，而发现春意阑珊。然而经过李后主巧妙的安排，有曲径通幽、意想不到的妙趣。

上阕开始两句：

帘外雨潺潺，
春意阑珊。

由室外写起，点出了暮春景象，绵绵春雨，平添心上愁绪。
"春意阑珊"，可能暗示美好时光的消逝，如此说来，除了伤春，
更有自我怜惜的意味在。接着叙述室内：

罗衾不耐五更寒。

表面上看来，是实写后主拥绸被，抵不住午夜的寒气。然而，
深一层去看，正可视为后主内心的悲凉凄苦。他心冷了，所以挡
不住些微的风寒，这与白居易在《长恨歌》描写唐玄宗失去杨贵
妃以后的心理：

鸳鸯瓦冷霜华重，
翡翠衾寒谁与共？

同出一辙，都在描述心理所引发的反应，而非生理上的问题。
最后两句：

梦里不知身是客，一晌贪欢。

刻画出后主内心的一份执着，他向往过去的生活情调，贪恋君临江南的日子，强烈的念旧意识，在现实的种种逼迫下，使他不得作此非分之想，于是只好转向梦境去兑现，像："故国梦重归"（《菩萨蛮》），情况也是一样。在梦中，他忘了自己是阶下囚，又回到过去的宫堡，当他的皇帝，享受欢乐的生活，即使是片刻，他也要追求。其实，这种梦正缘于他心灵上的苦楚、强烈挣扎及迫切寻求解脱所导致的。毕竟，他只是梦中的帝王，现实的俘虏。

李后主由室外写到室内，并由室内转向心灵，和盘托出情结所在，换句话说，他由醒觉追忆梦境，这种技巧比直叙手法来得曲折，来得意想不到，所以，我们说他有曲径通幽之妙。

下阕是在前面的认知基础下，所作的推演。他既了解，他只是梦中的帝王，现实的俘虏。当然，他也深深体验到过去的快乐，现在的痛苦，这种情境的对比，使他心灵上的亡国这一创伤剧痛起来。因此，他认识到过去的一切像一场梦幻，不堪回首；执着去回首，只有加深自己的痛苦，淹留愁城了。因而，他说：

独自莫凭阑，

无限江山，

别时容易见时难！

本来，登高可以远望，远望可以当归，然而，在这里李后主却叮咛自己不要凭阑远望，他的痛苦、无奈，昭然若揭。因为，他的国亡了，家也破了。那么，凭阑又为什么呢？凭阑远望，面对无限江山，其结果必定追忆过去，增加创痛。这在非理性的梦境里可以任由他去，但是，梦醒后的痛苦经验，使他更为理性的制约自己不要去凭阑远望。于此可见他对故国的灭亡，内心是何等的悲痛。"别时容易见时难"，"别时"指过去，"见时"指现在或未来。过去"仓皇辞庙""垂泪对宫娥"……是那么容易，如今想再见宗庙、会宫女，回到过去的秩序，恐怕比登天还难。最后两句：

流水落花春去也，天上人间。

截情入景，呼应上阕暮春景象。表面上这两句平淡无奇，然而历来评论家的看法最为分歧。唐圭璋先生曾说："此首殆后主绝笔，流水二句，即承上申说不久于人世之意。水流尽矣，花落尽矣，春归去矣，而人亦将亡矣。将四种了语，并合一处作结，肝肠断绝，遗恨千古。"俞平伯先生以为："有春归何处的意思。"王了一先生则以为："过去的生活和现在相比，有着天上和人间的差别。"

可见这二句意蕴的丰美，但，我们认为它是情景交融的词句，而且是在迷离惝恍的心境下流露出来的，那么，容许我们译为：

看着流水、落花的景象，我知道春天已悄悄地走了。可是令我迷惘的是，春归何处？在天上？抑或人间呢？聪明的，请告诉我。

当然，我们并不排斥任何解释的可能性，只要读者有所会意，鉴赏诗歌的目的就算达到了。况且，文学是有机的美感形构，自身生发的意义是极为丰富的，要求统一、标准的主题或答案，则可能沦为皮相。苏东坡说得好：

论画以形似，见与儿童邻。
赋诗必此诗，定非知诗人。

【附录】

相见欢

无言独上西楼，
月如钩。
寂寞梧桐深院锁清秋。

剪不断，理还乱，
是离愁，
别是一番滋味在心头。

我一个人默默登上了西楼，只见天边的月儿如钩。幽深的庭院，尽是梧桐的寂寞，好像把清冷的秋，紧紧锁在这里。

剪也剪不断，想理嘛又更纷乱。啊！这离愁，却仿佛另有一种莫名的滋味，盘踞在我的心头。

玉楼春

晚妆初了明肌雪，

春殿嫔娥鱼贯列。

凤箫吹断水云间，重按《霓裳》歌遍彻。

临风谁更飘香屑，

醉拍阑干情味切。

归时休放烛花红，待踏马蹄清夜月。

【语译】

晚妆过后，宫娥们的肌肤个个晶莹似雪，大家按次序排列在春殿里。歌舞盛会正开始，悠长的凤箫响彻云霄，琵琶高亢弹奏《霓裳羽衣曲》的醉人旋律。

临风飘洒着氤氲的香气，这里就是人间天堂，今宵且让我们狂欢陶醉！对了，席散回去时，不要点亮红烛，我要嗒嗒的马蹄踏着清辉的月色归去。

虞美人

春花秋月何时了，

往事知多少？

小楼昨夜又东风，

故国不堪回首月明中。

雕阑玉砌应犹在，

只是朱颜改。

问君能有几多愁？

恰似一江春水向东流。

【语译】

无尽无休的春花秋月，什么时候才能终了？不堪回首的往事有多少可追溯？昨夜小楼又刮了阵东风，月夜里油然想到当年的春殿歌舞，然而，这些往事，毕竟是阶下囚所不能也不敢去回首的。

故国雕阑玉砌的宫殿，谅必都还安然无恙，但是，我昔年的神韵风采，已随着山河变色而憔悴了。你问我有多少愁恨？我可以告诉你：正如一江盎然的春水，向东奔流去。

浪淘沙

往事只堪哀，

对景难排。

秋风庭院藓侵阶。

一桁（héng）珠帘闲不卷，终日谁来？

金剑已沉埋，

壮气蒿莱。

晚凉天净月华开。

想得玉楼瑶殿影，空照秦淮。

【语译】

回忆前尘往事，没有一件不是令人悲伤的，对着这般良辰美景，我不晓得如何去排遣。秋风萧瑟，庭院深深，苔藓都爬上阶梯来了。整日里，我让门帘垂下，这时候还有谁会来叙旧言欢呢？

金剑沉埋，壮气颓萎，当年的雄姿英发，如今已消磨殆尽，一切都幻灭了。夜凉如水，碧净长空，遥想故宫楼阁，春殿歌舞，如今唯有明月留下的影子，空空地照在秦淮河上。

冯延巳

（903—960）

冯延巳，字正中，一名延嗣。生于唐昭宗天复三年（903），广陵（今江苏江都县东北）人。父亲令頵，历任广陵郡军史，歙州（今安徽歙县）盐铁院判官，官至吏部尚书。延巳十四岁时，随父亲到歙州，在二十三岁左右，以布衣见专吴政的李昇，授为秘书郎，并侍陪长子李璟。后来李昇代吴（937），建了南唐，君临天下，号称烈祖，以李璟为大元帅总百揆，延巳则被任为元帅府掌书记。元宗李璟即位，拜谏议大夫、翰林学士，迁户部侍郎。保大四年（946），延巳以中书侍郎和宋齐丘、李建勋同拜平章事，在宦途上他可算是幸运的人。

延巳多才多艺，学问渊博，辩说纵横，能使人忘食废寝。他对功名极为热衷，本性恃才傲物，喜欢狎侮朝士，所以，人缘不好，多的是嫉妒他的人。晚年觉悟，平恕待人，才渐渐让人有好感。在宋太祖建隆元年（960）去世。

延巳诗文都不传，只有《阳春集》约一百多阕传于后世，在晚唐、五代词家里面，算是多产作家。他的词集大多写闺情离思，可是遣词造句，清新秀美，没有浮艳轻薄的弊病，特别是他个性一往情深，婉转写来，非常感人。例如：

小堂深静无人到，满院春风。

惆怅墙东。

一树樱桃带雨红。

愁心似醉兼如病，欲语还慵。

日暮疏钟。

双燕归栖画阁中。（《采桑子》）

王国维说："冯正中词虽不失五代风格，而堂庑特大，开北宋一代风气。"（《人间词话》卷上）冯煦也说："吾家正中翁，鼓吹南唐，上翼二主，下启欧、晏，实正变之枢纽，短长之流别。"（《唐五代词选·序》）可见延巳词艺的特色，以及对宋词发展的影响有多大。他是晚唐五代词的一代宗匠，也是宋词发展的导师。

【作品】

鹊踏枝

谁道闲情抛弃久？

每到春来、惆怅还依旧。

日日花前常病酒，

不辞镜里朱颜瘦！

河畔青芜堤上柳，

为问新愁、何事年年有？

独立小桥风满袖，

平林新月人归后。

【语译】

谁说无端来袭的闲愁已被抛弃了呢？为什么每到华光烂漫的春天，我的惆怅依旧不断。对生命无常所执着的一份悲感，使我情愿日日对花苦饮，让酒来病蚀自己，即使镜里的青春红颜因此瘦损，又有什么值得在意的！

河畔的青草和堤上的垂柳，春天一到，就绿得那么恣情，可是，为什么我的新愁年年都有呢？曼丽的春光与我又有何干？独立在小桥上任凭清风满袖，慢慢地，行人都已回到家的怀抱了，而平原里的树林在暮色深沉中，缓缓升起一轮孤清的新月。

【赏析】

这是一阕叙述春日闲愁的词篇。

自来"多情爱惹闲愁"（晏几道《忆闷令》），对一往情深、多愁善感的诗人来说，这是天性。他们的触觉极为敏锐，而感情也极为纯真，可是"到情深，俱是怨"，因此，在他们的生命史页上，到处是春恨、秋愁、离情、别恨与无端的闲愁。诉之于诗篇，当然是"多愁饶恨"了。

冯正中《鹊踏枝》是属于"无端的闲愁"的词作。基本上，它是"芳草恨，落花愁"的情绪宣泄，不过，由于作者的艺术经营，造成沉郁顿挫的效果，因此，细读之下，很是耐人寻味。

上阕前三句：

谁道闲情抛弃久？

每到春来、惆怅还依旧。

透露正中安顿自我感情（闲情）所作的努力与失望。"闲情"是无端涌起的一种情思，它"忧来无方，人莫之知"。（魏文帝《善哉行》）因为它不能确指，所以诗人寻求摆脱时，势必要花相当的努力。第一句"谁道闲情抛弃久"，写得非常曲折，字里行间隐含诗人的种种苦心与嘲弄。"久"字，不仅说明了他寻求摆脱"闲情"的长期性，并且意味着他的努力与自许。可是，"谁道"两字反诘，无异一声迅雷，教人惊慌失措，原来诗人面对"闲情"所作的种种努力是徒劳无功的，它既挥不去也撵不走。要不然，为什么"每到春来、惆怅还依旧"呢？"每""还""依旧"，层层逼来，肯定了"闲情"以及"闲愁"生发出来的"惆怅"的永恒性。特别是，"每到春来"的时候。

四、五两句：

日日花前常病酒，

不辞镜里朱颜瘦！

承上而来，为闲愁、惆怅、"落英飘去起新愁"寻找安顿自己的计策。看来，酒是唯一的解决办法了。正如杜甫所说的"且看欲尽花经眼，莫厌伤多酒入唇"（《曲江》二首之一），面对春花的缤纷，他只好借酒消愁了。"病酒"说明了诗人借酒消愁反为酒困的无奈。"日日"二字，明示时间（与闲情情绪）的持续，同时刻画诗人内心的孤苦与迷茫感。当然，它更是"病酒"的主要因素。

"镜里朱颜瘦"，是"日日花前常病酒"的必然结果。"镜子"意象在这里不仅映现诗人"朱颜瘦"的事实，同时也有自我反省的意味。可是，加上"不辞"二字，顿然使整句词弥漫矛盾的气氛，其实，这种极为不合理的句型，最容易制造某种特殊效果，所以，这句词就让人有份决绝的撞激，像是豁出去的生命一般。

下阕前三句：

河畔青芜堤上柳，

为问新愁、何事年年有？

第一句是情景交融的词句，表面上是写碧连天的景色，与随风飘拂的柳条，但它们所象喻的，可能是送别时候，绵远纤柔的情意。多情爱惹闲愁，面对河畔的青草，堤边的绿柳，内心也就泛涌着无尽绵远、纤柔的情意了。"为问新愁、何事年年有"，是带有强烈的疑问句，它紧接上句而来。"愁"之所以"新"，是因为"年年有"河畔青芜堤上柳的景象，所谓见新绿触引新愁；其次，满以为"闲情抛弃久"，没想到春来"愁"复苏。三句读来，可以了解到，原来，"闲情"是不能确指、无端涌起的情思。所以，它不能以寻常的思维方式去理会。

最后两句：

> 独立小桥风满袖，
> 平林新月人归后。

切断前面强烈的疑问后，截情入景，另开境界。如果我们说上阕最后两句是写诗人内心的孤苦与迷茫感（虽然，它也是寻找安顿自己的方法），那么，这两句可能是写诗人在极度悲愁后安排自我的举措，然而其中孤寂惆怅之情却是昭然若揭的。

"独立"二字写诗人的寂寞，"风满袖"三字刻画诗人凄凉的处境。"人归后"则暗示诗人空前绝后的孤独感。为了排遣内心的极度悲愁，诗人在寒风里，独立小桥，原野阒静无人，这时只有天上一轮清月来相陪。

看来，最后两句不仅写景，同时也在描述诗人孤寂惆怅之情。这可以从时间昼夜的流转——视觉上的"河畔青芜堤上柳""平林新月人归后"去了解。

【附录】

谒金门　春闺

风乍起，

吹皱一池春水。

闲引鸳鸯香径里，

手挼（nuò）红杏蕊。

斗鸭阑干独倚，

碧玉搔头斜坠。

终日望君君不至，

举头闻鹊喜。

【语译】

　　突然起了一阵风，把原本清平的池水，吹得褶皱连连。芳草霏霏的小径里，传来有人逗引鸳鸯的笑声。啊，原来有位女郎正独自站在那儿，手里挼揉着红杏的花蕊。

　　过了一会儿，她又孤零零地倚在栏杆旁，看着斗鸭玩儿。她是那么出神，连秀发上的碧玉簪斜坠了都浑然不觉。她心底深处切切盼望的情人怎么还不来呢？害她沉思伤感，明明举头又听见了喜鹊的聒噪啊！

晏 殊

（991—1055）

晏殊，字同叔，抚州临川（今江西临川县）人，生于宋太宗淳化二年（991）。他幼孤独学，七岁时，"知学问，为文章，乡里号为神童"。（《神道碑》）

宋真宗景德元年（1004），张知白安抚江南时，以晏殊为神童向朝廷推荐，这年，他只有十四岁大，却是一生宦途发迹的开始。次年三月，"帝召殊与进士千余人并试廷中，殊神气不慑，援笔立成，帝嘉赏，赐同进士出身。"（《宋史》本传）两天后，又召试诗赋，晏殊从容地说："臣尝私习此赋，不敢隐。"真宗非常赞叹，因试以他题。以为秘书省正字，置之秘阁，使得悉读秘书。（《神道碑》）真宗天禧四年（1020），三十岁的晏殊官拜翰林学士。仁宗天圣二年（1024），迁为礼部侍郎，知审官院。天圣六年，他推荐范仲淹当秘阁校理。八年，他担任礼部贡举，推拔欧阳修为第一。庆历元年（1041）晏殊五十一岁，升为枢密使，次年，加同平章事，三年，升为集贤殿学士并兼枢密使。这是晏殊宦途最飞黄腾达的时候。

晏殊形象清瘦，性情真率、风流，为人刚简。待人非常诚恳，虽履尊优、处富贵，而自奉若寒士；他喜称人善，奖掖人才，任宰相期间，"范仲淹、韩琦、富弼，皆进用至于台阁，多一时之贤。"（《神道碑》）他雅好歌词，常常和门下宾客相与赋诗，"尤喜冯延巳歌辞，其所自作，亦不减延巳乐府。"（刘攽《中山诗话》）

庆历四年（1044），因为孙甫、蔡襄进谗："宸妃生圣躬为天下主，而殊尝被诏志宸妃墓，没而不言。"又奏论晏殊"役官兵治僦舍以规利"（本传），于是罢相，以工部尚书知颍州（今安徽阜阳市），一年后，改为刑部尚书。这时有诗人梅圣俞和他往来酬唱。八年，从颍州移到陈州（今河南淮阳县），大概在这年生下他的第七个孩子晏几道，时年五十八岁。

皇祐二年（1050），晏殊迁为户部尚书，以观文殿大学士知永兴军。五年秋，徙知河南，兼西京留守，又迁为兵部尚书，进封为临淄公。仁宗至和元年（1054），因病，请归返京师，病情好转后，侍讲迩英阁。二年，逝，享年六十五岁，谥为"元献"。

晏殊著有《珠玉词》。他的"文章赡丽……诗闲雅有情思"（《宋史》本传），可能是由于当时文学环境正流行西昆体，加上他本人仕宦得意，生活富裕，所以，他的诗文赡丽闲雅，有台阁气息。他的词，既有富贵气象，又有哲理观照，成就非凡，所以冯煦评说：

宋初诸家，靡不祖述二主，宪章正中。晏同叔去五代未远，馨烈所扇，得之最先；故左宫右征，和婉而明丽，当北宋倚声家

初祖。(《宋六十一家词选·例言》)

【作品】

浣溪沙

一曲新词酒一杯，
去年天气旧亭台。
夕阳西下几时回？

无可奈何花落去，
似曾相识燕归来。
小园香径独徘徊。

【语译】

饮下一杯苦酒后，我填了一阕新词。天气依稀是去年的天气，
而亭台也依旧，只是那西沉的夕阳，什么时候会再回来？回来时
又是什么光景呢？

花儿每到暮春时节就一朵朵凋落了，令人看着好生不忍，但，
这毕竟是无可奈何的，谁能留住永恒的华光呢？燕子飞走了又飞
回来，看来有几分熟稔，它们出出入入，似乎也无视于在小园香
径里独自徘徊沉思的我。

【赏析】

文学往往跟文学家的个性、时代与环境有密切的关联，像晏

殊《珠玉词》就是最好的例证。

晏殊生逢北宋真宗、仁宗两朝,可说是太平盛世的局面,他仕途显达,官拜宰相,个性豪俊好客,奖掖后进,一时俊彦,像范仲淹、富弼、欧阳修、王安石都是他的门下士。这使他的风格具有台阁体的富贵气象、格调闲雅等特色,但是"人生自是有情痴",或许,他也染有文人的敏感,尽管生活富裕,作品却时常流露淡淡的哀愁。由于他对人生(体验与修养)有圆融(理性)的观照,所以要宣示一己的人生哲理,难怪《宋史》本传会说他"诗闲雅有情思"。闲雅有情思,是指《珠玉词》在闲雅里又蕴含"情中有思"的特性。因此,有些词评家认为晏殊是倾向"理性"(与感性相对)的词人。

《浣溪沙》这阕词最能道出上述的情况。

就表面上来看,它是"伤春"的作品。可是,这些外在景象经过晏殊的观照之后,展现出来的,却是发自生命自身矛盾中的一份苦闷,其中,有人事变迁、时光流转,有对过去的回忆,与对现在的迷惘。更清楚地说,它带有"美人迟暮"此一主题意识,这与屈原"日月忽其不掩兮,春与秋其代序;惟草木之零落兮,恐美人之迟暮"(《离骚》)的嗟叹,如出一辙。

上阕开始两句:

一曲新词酒一杯,
去年天气旧亭台。

描述诗人在暮春时候，在亭台上，喝一杯酒，填一阕新词的惬意生活。可是善感的诗人面对当前的景象，却情不自禁地想到天气依稀是去年的天气，而亭台也没有什么两样，只是时光流转，一年容易。由现在的"暂得于己，快然自足"，联想到过去的同样情境，猝然觉识"光阴似水声，迢迢去未停"（《破阵子》），而逼使自己正视"人貌老于前岁，风月宛然无异"（《谒金门》）的可悲事实，从而悟省"时光只解催人老"（《采桑子》）。也就是说，时光是永恒的，"百代的过客"；而人生是短暂的，所谓"浮生若梦"。此种悬殊的对比，是诗人悲哀的根源，也是读者同情共感之所在。对于人生的思维，诗人以平浅的字句，浅浅的哀愁，展露出来，没有激情，也没有凄楚，这正得自他对人生圆融的观照。接着：

　　夕阳西下几时回？

　　一句，问得既天真，又痴情。"夕阳西下"是当时的景象，就永恒的时光而言，只是一种现象、一种过程，一如朝日东升。它是循环不已的。那么，诗人这一询问，毋宁过于天真，教人百思不解了。其实，它本身生发的意义是相当繁富的，我们不能只从字面上去诠释，应该设想，在夕阳回来之后，又是什么"光景"这一事实上。缘此，我们可以大胆地推敲"夕阳西下"此一意象的象征性。"夕阳"本身有悲凉、短暂的意味，同时也有美丽的悲哀在，像李商隐所说的："夕阳无限好，只是近黄昏。"(《登乐游原》)这之外，还有"美人迟暮"这一基调在。把"夕阳"譬喻"暮年"，在联想上是自然的运作。那么诗人询问的，就不再是字面上的问题，而是人生哲思了，它牵引出诗人心灵深处的悲哀。夕阳去了有回来的时候，人生暮年一过，却再也不回头，诗人欲盖弥彰的愁绪，到这已奔迸无遗了。

下阕开始两句：

无可奈何花落去，
似曾相识燕归来。

叙述花落、燕归，并点出暮春季节。但一"去"一"来"不仅意味循环不已的永恒性，同时也强调今昔的时间意识，这与上阕的前两句情况相同，不过借着外在具体形象（春光）来叙述罢了。但"花落去"与"燕归来"二意象所展示的动态现象，更具体地描述了此词的时空。这些都是现象界的景观，也是永恒的循环中产生的样态，诗人对"'花'落去"特别加上"无可奈何"，对"'燕'归来"又特别扣上"似曾相识"，充分说明诗人内心一份感情的误置，使得原本不带任何情感色彩的外物，染上作者的情感，外在世界也因此成为感情的世界，可见其内心的"痴情"。

其实，我们也可以作如此的设想，把"无可奈何花落去""似曾相识燕归来"看成"物自现"，如此更能道出诗人内心与自然的契合共感。

花一朵朵凋落，正是春光逐渐消逝的征象，诗人伤春之情，油然而生，这时候燕子又飞回来，这位时光的使者捎回来的讯息是诗人所熟知的，难怪他直觉到"似曾相识"这一份亲和性。

事实上，在"花落""燕归"的循环中，"时光"已流逝，诗人内心很清醒"光景千留不住"（《清平乐》）的悲哀与无奈。所以最后一句：

小园香径独徘徊。

便是他落实现境后的心理投射，他不像一般迁客骚人以"物喜"，以"己悲"，只默默地在小园香径里独自徘徊、独自思索，坦然接受"美人迟暮"这一事实，并且以"满目山河空念远，落花风雨更伤春，不如怜取眼前人"这份从容闲雅的态度，去面对上述的悲哀。

【附录】

浣溪沙

一向年光有限身，
等闲离别易销魂。
酒筵歌席莫辞频。

满目山河空念远，

落花风雨更伤春。

不如怜取眼前人。

【语译】

生命有限，韶光稍纵即逝。人生里有着太多的离别，可别看轻了它，即使最平常的分离也会使人黯然销魂的。所以，还是不要嫌弃酒筵歌席的频繁吧。

极目望去，满是山河秀色，徒然使人热切地怀念那遥远的故地。斜风细雨里遍地落花，怎不教人感伤春光流逝得太匆匆？想得太多太深大概自苦也重，还不如好好怜爱珍惜眼前的人儿呢。

玉楼春

燕鸿过后莺归去，

细算浮生千万绪。

长于春梦几多时，

散似秋云无觅处。

闻琴解佩神仙侣，

挽断罗衣留不住。

劝君莫作独醒人，

烂醉花间应有数。

【语译】

秋去冬来，送走了群群的飞鸿、燕子。好容易盼到温煦的春光，冷不防又被黄莺叫走。仔细回想自己如梦的浮生，真是千情万绪。人生就算比春天的美梦来得长吧，可是究竟长得了多少呢？看来倒像是流散的秋云，一到终点，各自离去，了无觅处啊！

人间即使有像卓文君闻琴私奔司马相如的情爱和郑交甫解佩相许的神仙眷侣，终究也无法长久，就算你挽断了伊人的罗衣也是难以留住的。我劝你还是不要做个众人皆醉我独醒的人吧，人生短暂，感情又是多变易化的，何苦执着其间呢？更何况在有限的人生里，烂醉花间也不过几回而已。

张　先

（990—1078）

　　北宋前期的长寿词家张先，字子野，乌程（今浙江湖州市吴兴区）人，生于宋太宗淳化元年（990）。仁宗年间中进士，从此步入宦途，直到六十四岁才退休，卒于宋神宗元丰元年（1078）。他和晏殊、欧阳修、王安石、宋祁、苏轼等人都交游过。晚年过着悠闲的生活，到了八十五岁还在买妾。东坡说张先这个人"善戏谑，有风味"，所谓"诗人老去莺莺在，公子归来燕燕忙"，说的就是他。

　　他的词正好由小令到长调之间起了过渡的作用，前此的词家多工小令，慢词的制作不多；不过，这方面的贡献他可能还比不上柳永。他们相似的地方是，都洞晓音律，能自度新声，词集都区分宫调，善于铺叙夸张。张先喜欢琢炼字句，使作品带有一种含蓄柔美的韵味，他还擅写"影"字，据说他自己最得意的三个句子是：

云破月来花弄影

娇柔懒起，帘压卷花影

柳径无人，堕风絮无影

他还因此号称"张三影"哩！

他的词集名《子野词》，又名《安陆词》，内容大半是恋情和酬答之作。

【作品】

天仙子

时为嘉禾小倅，以病眠，不赴府会。

水调数声持酒听，
午醉醒来愁未醒。
送春春去几时回？临晚镜，
伤流景，
往事后期空记省。

沙上并禽池上暝，
云破月来花弄影。
重重帘幕密遮灯，风不定，
人初静，
明日落红应满径。

我拿起酒杯,边饮边听那动人心魂的《水调歌》。醺然的酒意推我入梦乡,一场午醉后悠然醒转,却觉得内心的情愁依旧深浓,无法清醒过来。狠下心,终于把春天送走了,她一走可要几时才回来?在斜阳里揽镜自照,不由得涌起一股韶光流逝的伤感。想当年多少美梦和誓盟,如今只能在回忆中细细品尝了。

夜色渐渐深了,池边的沙滩上依偎着一双睡着的水鸟。月儿扑破云层,花朵们就着乳白的月色,轻轻曳弄着自己曼妙的影子。一重重的帘幕把微弱的灯光密密裹住,依稀听得庭院中穿梭不已的风声,人们大概都已静息了。在如此的深夜里,不禁想道:明儿一早,小径上该又是落红狼藉了吧?

【赏析】

这阕《天仙子》写的是送春自伤。根据题下原注,“时为嘉禾小倅,以病眠,不赴府会”可以知道,写作的地点是在嘉禾(今浙江嘉兴市),当时作者担任判官(小倅,即小官,谦称),病中所赋,因此,不无自我哀怜的意味在。

上阕开始两句:

水调数声持酒听,
午醉醒来愁未醒。

主要在叙述强烈的客愁。作者病中以酒浇愁,午醉醒来,手持酒杯聆听怨切的《水调》，又平添了一段新愁，所以说"愁未醒"。《水调》传说是隋炀帝幸江都时所制的歌曲，五迭五言，其中词句苍迈悲凉，唱来十分怨切，冯延巳曾经说过："水调声长醉里听。"（《抛球乐》)情调与张先大致相同，不同的是后者是客中小病，情感脆弱，容易伤怜。

接着：

送春春去几时回？临晚镜，

伤流景，

往事后期空记省。

四句，写的正是词人"愁"之所在。"送春"二字是描写外在世界，本身已意味着春光流逝，春色衰残。作者把它拟人化，可能隐含自己对它一份留不住的"无力感"。"春去几时回？"是一句痴情的问话，当词人喃喃自语的时候，"春"真个已去。春，来去两匆匆，任多情的词人留也留不住。因此，他的答案是在茫茫的风里。（其实，春天去了，有再来的时候，而词人的青春随春天走了，却是一去不复返。当然他心里很清楚，答案必定：物是人非事事休。词人的问话，虽不合理，但正合他"愁未醒"的意绪。）

"临晚镜，伤流景"，由外在的容貌写到内在的感伤，两句是循"送春"而来。"镜子"这一意象除了映现作用之外，又有警悟的象征意义。词人揽镜自照，反求诸己，原形毕露，"似水年华"已随春去，于是，浓郁的哀伤便涌上心田。"晚"字点出了时间与生理上的阑珊，真是一语双关了。

"往事后期空记省"一句，更深一层来描绘词人的"客愁"。"往事"虽然历历，但是不可重演，追溯过去，只空留记忆罢了。而"后期"，也即后约，固然美丽，却是遥遥不可预测。如此两茫茫，难怪词人会慷慨地说道：让它们都留在我的记忆中细细品尝算了！

从上面四句三重愁看来，词人心里那份苦闷是多么的强烈，然而它反衬出来对人生怀着高度的热情，又多么地让人心折。

下阕开始两句：

沙上并禽池上暝，
云破月来花弄影。

是情景交融的妙句。一片风景、一种心情，很明显的，作者透过自然界的景观来说明心中的情愫。由于写得自然、浑成，所以惹人喜爱。仔细吟哦，情韵无穷。

"沙上并禽池上暝"是极目遥望的景致，"并禽"，即成双成对的水鸟，或谓鸳鸯。"暝"，就是眠。整句透露这对鸟儿形影不离的生活，不管沙上或池上，快快乐乐地玩在一起、睡在一起。这正反衬词人生活的孤单与苦闷，而构成强烈的嘲弄。"云破月来花弄影"则为目前的景象，"云破月来"，展现一番新气象，花朵们着上乳白的月色，像一层透明的薄纱，仪态万千，轻轻曳弄自己曼妙的倩影。然而花儿们的热闹是室内人的悲哀，词人形单影孤，面对此情此景，真是看在眼里，伤在心里。无疑，此句与上句都与词人形成情境的对比，因而释出了极耐人寻味的嘲弄来。

下面四句：

> 重重帘幕密遮灯，风不定，
> 人初静，
> 明日落红应满径。

承上而来，由于作者睹物伤情，抵抗不了外在景物的揶揄，因此，他放下了重重帘幕，企图隔绝物我，然而，作者不直说，反而曲写，"密遮灯"作为隔缘的象征，真是出人意表。我们设想，此时词人百无聊赖，必定守着那盏闪烁的灯火（是中宵煎熬？），所以"密遮灯"不就是"密遮词人"了吗？

"风不定，人初静"，以视觉与听觉两种意象来透露夜阑风紧，以及词人不能入眠的处境。（这又是"愁"在作祟！）

"明日落红应满径"一句，写出词人的天真与痴情。"应"字，有推测、预期的意思，充分表现作者的怜花情怀（落红，即落花。这些花儿正是曾在"云破月来"款摆倩影的花儿），所以，他担心：明儿一大早，小径上该又是落红狼藉了吧？

最后一句呼应了上阕的"送春春去几时回"，使主题落实到伤春上，尤其要指出的是，这一句是作者设身处地的结果，它是明天的景象，也是作者根据"风不定"的前提所推论的"结果"，读来如暗潮，在心湖推荡着。

欧阳修

（1007—1072）

欧阳修，字永叔，自号醉翁，晚号六一居士，庐陵（今江西吉安市）人，生于宋真宗景德四年（1007），卒于宋神宗熙宁五年（1072）。他在文学史上的成就是多方面的，所以有宋代文学之父的美誉。

他是宋仁宗朝的进士，官至参知政事（副宰相）。对于后进的奖掖不遗余力，像曾巩、王安石、苏洵、苏轼都曾受到他的赏识提拔，对宋代的古文运动贡献极大。他曾和宋祁合修《新唐书》，并且独力完成《新五代史》，对金石学亦有心得，他的诗曾自负不让李白，和当时的大诗人苏舜钦、梅尧臣齐名。

一辈子官运不怎么亨通，几次在新旧党争里被谗遭贬的欧阳修，对于填词也颇有一手。他的词不论写景造境，都比晏殊更接近冯延巳，细品的话可以感觉出来冯词较刚、欧词较柔。他多半写山水和私情，题材是嫌狭隘了一点，这个正好说明了北宋词发展至此仍然不脱"艳科"的范畴，作者的性情、思想与人生观都还不能得到淋漓尽致的发挥。也因此，欧阳修《六一词》的作品常常和《阳春集》《花间集》的作品互见，有偏见的人就不忍把艳情之作归给欧阳修。

刘熙载《艺概》云：

冯延巳词，晏同叔得其俊，欧阳修得其深。

当然，欧词的深婉和疏隽，对后来的词家是有影响的，不过，影响不见得很大就是了。

【作品】

踏莎行

候馆梅残，溪桥柳细，
草薰风暖摇征辔。
离愁渐远渐无穷，
迢迢不断如春水。

寸寸柔肠，盈盈粉泪，
楼高莫近危阑倚。
平芜尽处是春山，
行人更在春山外。

【语译】

旅馆的梅花，已经落英缤纷；溪桥边的柳丝儿，竟也抽得细嫩依人。暖和的春风到处吹拂，空气中散满了草香，仿佛殷殷地

108

送着征骑远去。那个人已渐渐走远了，离愁却因距离的增加反而更无穷无尽起来，恰似悠悠不断的春水。

离别虽然无所不在，仍足以使有情的伊人柔肠寸断，粉泪盈眼。楼高是可以用来远望的，可是，还是不要近前去吧，因为即使上了楼，望见的也只有一片无垠的春草，春草的尽头可是绵亘着无际的春山，我们怀念的人儿早已走到千山之外、万水之外了。

【赏析】

这是一阕抒写离情别恨的词篇。

就词篇的脉络来说，上阕写征人的离去，下阕述思妇的愁情。作者以客观的叙述手法，具体而微地刻画了两位角色的心情。尤其是意象的巧妙运用，使这阕词情韵悠长，很能触引读者的共鸣。

上阕开始：

候馆梅残，溪桥柳细，
草薰风暖摇征辔。

三句，点出了时间："梅残""柳细""草薰风暖"，正是初春时候；同时也说明了地点："候馆""溪桥"。而事件则为"送别"。三句落落写来，鲜活了征人的形象，特别是"草薰风暖摇征辔"一句，蕴含嗅觉、感觉、视觉与听觉等意象，增强词句的密度，予读者一种酣畅的感受。而且，三句犹如三个镜头，由候馆、溪桥而草原，空间的转移，不仅意味时间的流动，也呼应征人远去的节奏。

四、五两句：

> 离愁渐远渐无穷，
> 迢迢不断如春水。

一气呵成，委婉地道出征人内心离愁随着时空拓展而递增的微妙心理。"离愁渐远渐无穷"一句，写离愁的泛涌，作为征人的当下情绪固然不失为妙句，但毕竟还抽象了些，词人深知此中奥秘，因此忽然来了一句"迢迢不断如春水"，截情入景，使境界为之宕开，造成"含不尽之意见于言外"的效果。"春水"这意象用来形容"离愁"最为恰当，一方面，"春水始发"绵远流长的属性，呼应征人更行更远的节奏；一方面，"春水"隐含盎然的生机，作为"剪不断，理还乱"的离愁之象征，意义上也颇为一致。

由于有这两句征人的描述，那么，对于下阕思妇的愁情，才是个合理的发展，必然的结局。

下阕开始：

> 寸寸柔肠，盈盈粉泪，
> 楼高莫近危阑倚。

三句，写思妇送征人以后（由草原回到候馆）的心情。前两句，由内心的悲伤，到外表的泣泪，栩栩如生地刻画出多情妇人的高度离愁。第三句"楼高莫近危阑倚"，正是打开上述情结的唯一途径，登高可以望远（征人），望远可以纾解内心的苦闷。可是，她深深了解到（"莫"字，似乎意味她本人内心的一份醒觉），以登高来纾解内心的情结是行不通的，因为征人早已跨马离去，消失在无边无际的草原。这一句读来之所以悲切，正因为有着如此的无奈与无助在。四、五两句：

平芜尽处是春山，
行人更在春山外。

为第三句的"莫"字提供了答案。这答案包括着客观的事实，与关汉卿《四块玉·别情》所表现的情思，有异曲同工之妙：

自送别，心难舍，
一点相思几时绝。
凭阑袖拂杨花雪。
溪又斜，
山又遮，
人去也。

凭阑远眺，本来是想对她的情人多望几眼，无奈青草尽处，春山遮眼，而征人可能又在春山之外了，空间的双重拓展，相对地加深了她内心的无奈与无助感。更何况，"离恨恰如春草，更行更远还生"（李后主《清平乐》）。当她着急登楼眺望的时候，必须要有承受如此心理负担的打算。分析到这里，也许有人会以为她因为承担不了而没有上楼远眺，其实，正好相反，从情节发展上看，她必然会亲自登楼远眺。可是，她失望了，因为"平芜尽处是春山，行人更在春山外"，这真相的呈露，使她原有因离愁而"寸寸柔肠，盈盈粉泪"的情绪，更为沉重、更为悲凄。毕竟，她经历了以后，才能道出如此感人的经验。

如此说来，"楼高莫近危阑倚"一句，恐怕是经历之后，自我宽慰之词了。

欧阳修的词情深意真，言近旨远，我们从这阕《踏莎行》可以得到印证。

【作品】

玉楼春

尊前拟把归期说，

未语春容先惨咽。

人生自是有情痴，

此恨不关风与月。

离歌且莫翻新阕，

一曲能教肠寸结。

直须看尽洛城花，

始共春风容易别。

【语译】

在钱别的筵席上，我手里握着酒杯，打算把难卜的归期事先同你约定，没想到，话还没出口，就已忍不住形容惨淡，喉间哽咽着一股酸楚。人生本来就有这样执着的情痴，源自内在天性的一往情深，是无关乎外在风月世界是如何变化的。

要唱离歌可以，可是请不要再翻新的唱词了，任何一支曲子在这时刻听起来，总是教人寸寸柔肠都打结的。这样的为离情所苦，可有什么法子才解得开呢？恐怕非得把洛阳城的一草一花全都瞧遍了，才能爽快地向东风道别吧？

【赏析】

这是一阕描叙别情的词篇，字里行间洋溢着永叔的深情与深情中的一份思致。换句话说，由于永叔面对悲愁的现世有份赏玩（适当距离）的意兴，所以，他能入乎情内，出乎情外，充分显现"豪宕"的情怀。

就词篇的结构来说，上下阕一式，开始一、二两句写情事，三、四两句引入议论。从内心写到神态，平淡中见曲折，深情里含思致，是典型的永叔词风。

上阕开始两句：

尊前拟把归期说，

未语春容先惨咽。

叙述词中主角手把离尊，方别未别，就打算将难卜的归期与对方约定，以安慰彼此。"拟"字是描写主角的心理状况，也可看出主角对此番离愁所作的挣扎与努力，他尽量要表现出一副自然的神态。

然而，"悲莫悲兮生别离"（《九歌·大司命》）、"黯然销魂者，唯别而已"（江淹《别赋》），他万万没想到，那离愁似浪潮，早已在他的心湖汹涌了。这时，他打算说的话，都哽在心里，而原来和谐的"春容"——主角的神态，一霎间，已是一片凄惨的阴霾了。

三、四两句：

人生自是有情痴，

此恨不关风与月。

以相当肯定的口吻来议论，是针对上述心理、神态而作的诠释，为主角的如此表现诊断，原来，他是"情痴"！当然，正因为是"情痴"——情必近于痴而始真——所以，才会有如此的情绪变化，这种源自一往情深的天性，是无关乎外在世界的风月变幻的。（可是，话说回来，要是外在世界的风月出现在别离时刻呢？恐怕就不堪设想了。）

在感情世界里，永叔所认定的"情痴"毋宁是新鲜且深刻的。

下阕，一、二两句：

离歌且莫翻新阕，
一曲能教肠寸结。

承上阕一、二句而来，叙述别离前的愁情。离别在即，一曲离歌，就教人寸寸柔肠都打结了，对于一遍又一遍的翻新重唱，仿佛使人掉入了离愁的旋涡里，越陷越深，真是受不了。这时，主角以商量的语气，提出"且莫"，就有"万万不得"的意味，真是无奈，然而，此"无奈"不正是"离愁"所导致的？

到这里，离情别恨差不多已被写得可以了，但是后面两句：

直须看尽洛城花，
始共春风容易别。

突然以议论的句法，宕开了离愁的漩涡，化悲苦为喜乐。显然地，主角在面对悲愁的现世，已有份赏玩的情怀了。所以，他提出，只等到看尽了洛阳城的花草，才愿与春风道别。"直须"

两字，是推想的意愿，除了明示主角自我宽慰之外，也反衬了主角当下身处愁城的心理状态。当然，把此种意愿企图从推想中获得满足，更加可见主角的"情痴"真相。

基本上，最后两句所展示的价值取向，与永叔的人生哲学——豪宕情怀是一致的。王国维《人间词话》云：

"人生自是有情痴，此恨不关风与月。直须看尽洛城花，始共春风容易别。"于豪放之中，有沉着之致，所以尤高。

对永叔《玉楼春》的看法与人生态度的透视，可谓真知灼见。

【附录】

蝶恋花

庭院深深深几许？
杨柳堆烟，帘幕无重数。
玉勒雕鞍游冶处，
楼高不见章台路。

雨横风狂三月暮，
门掩黄昏，无计留春住。
泪眼问花花不语，

乱红飞过秋千去。

【语译】

这座庭院幽深极了，教人无法臆度它的幽渺深邃到底到什么程度。只见杨柳一簇一簇堆涌着绿色的烟浪，而室内的帘幕更是重重复重重，数也数不清。回想自己年轻时，也曾玉勒雕鞍，意气风发地流连舞榭歌台。此刻独自在高楼上，再也望不见那纵乐放情的青楼地，一切的欢乐似乎已成遥远的云烟。

暮春三月里经常是雨横风狂的天气，即使掩上重门把黄昏留在屋内，他知道春天是无法留得住的。忍不住泪眼婆娑问那飘零的落花，伊竟也兀自默默无语，不知哪来的一阵风，一下子就把她们吹得乱纷纷的，有的甚至飞过秋千架子外面去了。

柳　永

（大约 990—1050 之间）

　　一辈子都未能跻身当时所谓上流的公卿社会，却在中国词史的发展上牢占重要席位的柳永，一生充满着传奇色彩。实际人生的穷愁潦倒，反而丰润了他的艺术生命，彻底激发了他的创作才华。在他之前，词大抵只是一些抒发一时感兴的小令，到了以词为专业的柳永手里，便大大促进长调的成熟，成了铺叙缠绵的篇章，使词的精神与内涵愈加富于变化，也影响着往后无数的词人与读者，他的词集名《乐章集》。

　　柳永与晏殊、张先的年代相近，比起欧阳修要早上十几年，于宋仁宗景祐元年（1034）中进士，做过睦州推官、屯田员外郎（职位很小，而且旋即丢官）。他字耆卿，原名叫三变，是福建崇安人。年纪轻轻的就通晓音律，善于填词。教坊的乐工每有一种新的乐谱出来，必定要找他填词，说也奇怪，每支曲子一经他的手就马上风行起来，当时人说"凡有井水处，即能歌柳词"，恰是他盛名的最佳写照。

　　柳永为人过分浪漫不羁，缺乏自我检束，所填的词常有"纤佻鄙俗"语，所以士大夫们都不喜欢，一心标榜儒雅、理道的宋仁宗更是厌恶他那类浮词艳语。据说柳永有一阕《鹤冲天》词，上云：

> 青春都一晌，
> 忍把浮名，换了浅斟低唱。

等到他去考进士，仁宗曾对考试官说："此人风前月下，好去浅斟低唱，何要浮名！"柳永因此落第。从这则故事我们不难了解柳永的词作盛传到什么程度，同时也注定了他日后宦途的坎坷命运。即使豪宕豁达如苏东坡者，都还不免认为柳永的词不雅，更遑论其他的知识分子了。相对而言，柳永词作的浅近灵动、音律谐婉与歌咏恋情的特色，却正足以突显中下层市井小民的生活实相，而广受民间俗众的欢迎。

当然，除了饱受指摘的耽歌溺酒的风流之作以外，柳永仍有极凄清高旷的杰作，内容多属于羁旅行役的苦闷与怀才不遇的悲哀，它的成就是很难予以否定的。而促使这类作品产生的泉源，或许，还要归功于柳永于仕宦失意后的放浪江湖、流连酒色吧。这种漂泊无根的生涯配合他的灵敏才思，以及对爱情与人生的那种"衣带渐宽终不悔，为伊消得人憔悴"的执着态度，方才成就了一位完整的词人。

以下我们引清朝冯煦《蒿庵论词》的话来作为介绍他的尾声：

者卿词曲处能直，密处能疏，累处能平；状难状之景，达难达之情，而出之以自然，自是北宋巨手。然好为俳体，词多媟黩。

一生落拓以终的三变，对于种种生前身后的盛誉，大概也只能发出千古沉沉的叹息罢了。

【作品】

八声甘州

对潇潇暮雨洒江天，一番洗清秋。

渐霜风凄紧，关河冷落，残照当楼。

是处红衰翠减，苒苒物华休。

惟有长江水，无语东流。

不忍登高临远，

望故乡渺邈，归思难收。

叹年来踪迹，何事苦淹留？

想佳人，妆楼颙（yóng）望，

误几回天际识归舟。

争知我？倚阑干处，正恁凝眸。

【语译】

黄昏时，江面上刚洒过一阵潇潇的细雨，把秋天的清冷都洗出来了。不觉间，霜寒的风逐渐加紧，放眼望去，关隘河山一片冷落，楼台正沉浴在斜阳的余晖里。遍处是衰残的红花与零落的翠叶，所有的景物都逐渐消褪了昔日的华光。只有那汩汩的长江水啊，依旧默默地往东流去。

我多么不忍登楼远眺，每次眺望故乡都觉得渺远极了，空惹得满怀归思，难以收拾。几年来行踪如萍，漂泊不定，不禁感叹：到底为什么还要在异乡苦苦留驻？时常怀想心中的伊人，一定在妆楼上痴痴想望，不知道有多少回看见天边的归帆，都误以为是我回来了。她怎晓得，我在这儿也孤独地倚着栏杆，正如她一样在痴愁里煎熬着呢？

【赏析】

柳永把他在仕途上无可归依的挚情全部转移到艺术的创作上面，他是那样洞见着人生因此身而难以释免的悲苦，又能婉切蕴藉地诉出人们可能经历的内在世界。这阕《八声甘州》的韵律很幽柔凄婉，以长调来铺述乡愁与爱情交织成的苦闷，是柳永最擅其场的。

"对潇潇暮雨洒江天，一番洗清秋。"先从气候与时间落笔，气象极大，味况也极清旷。紧接着"渐霜风凄紧，关河冷落，残照当楼"，镜头渐渐转向近处的特写，使得以"清秋""暮雨""江天"为背景的绵愁情怀，更加深了苍凉豪远的韵致——"霜风"呼应"清秋"，"关河"是"江天"印象的重叠、复现。"残照当楼"，岂不隐喻日薄崦嵫的人生？"对"字、"渐"字不但活脱句性，并且使上下文产生一有机之关联。"是处红衰翠减，苒苒物华休"与"惟有长江水，无语东流"，正是有限与永恒的对比，也是对人间繁丽易散的叹诉，对自然造化的无能措意的无奈。

下阕加紧写归思的无能遣置："不忍登高临远，望故乡渺邈，归思难收"，即使如此，还乡之情仍以无孔不入之姿，继续啃噬词人破碎的心灵。挥之不去的绵缠啊——"叹年来踪迹，何事苦淹留？"问得好、问得苦。还不是为了那"蜗角虚名，蝇头微利"。然而，毕竟蜗角上头争何事？哪一个人不是电石火光中寄此身呢！明白这道理的人很多，柳永何尝不知，只是不能心甘，又无可透悟，只好溺陷在功名的绝望中，挣扎、痛苦、徘徊，苦到极点了，便买醉歌楼、倚红偎翠，以求麻木自己。只是，从这样的迷醉中醒来后，又有一个更大更暗的深渊等在跟前。

多情的人爱就爱到那极处去，愈大的挫伤与折磨对他而言，只有挑起他更炽烈、更不能宁息的痴劲。柳永的恋爱对象多半是青楼佳丽，但是，此阕词中的"佳人"，衡量上下文，可能指的是独守妆楼的"妻子"。使柳永觉得"系我一生心，负你千行泪"的人儿，在他的臆想中正是无时无刻地在"妆楼颙望"，（"颙"字，何等神笔，写绝了因爱而想而痴，以致愣愣的，头一动也不动嘴巴微张的意态），过尽千帆皆不是地等待着。设身处地，最平常不过的一句话，运用到爱情的天地里，是多么的挚切有力——想你该是怎么苦苦地想我呀！你可知，我跟你想的完全一样吗？没有一个地方，没有一件物事不让我凝眸想你。杜甫《月夜》诗云："今夜鄜州月，闺中只独看。"岂不是异曲而同工吗？

不是有情人怎能品味出其中无尽的悱恻？不是真正受过人生巨创的人，怎能体会柳永意兴阑珊的哀恋之情？

【作品】

雨霖铃

寒蝉凄切，

对长亭晚，骤雨初歇。

都门帐饮无绪，

方留恋处，兰舟催发。

执手相看泪眼，竟无语凝噎。

念去去，千里烟波，

暮霭沉沉楚天阔。

多情自古伤离别，

更那堪、冷落清秋节。

今宵酒醒何处？

杨柳岸、晓风残月。

此去经年，应是良辰好景虚设。

便纵有、千种风情，

更与何人说！

【语译】

漫天的暮色早已吞没了这座送别的长亭，一阵急雨才刚刚歇住，耳畔立刻响起寒蝉凄凄切切的鸣声。她特地在都城门外设帐，为我宴饮送行。此刻，除了恋恋不舍再也没有别的心绪，多么希望时间就这样凝固住，可是，兰木的舟子已在催促着快快启航。紧紧握住伊人的手，彼此只能泪眼对泪眼，竟然哽咽得一句话也说不出来。我们心里都这么苦思着：这一走，将投入千里无垠的烟波，在辽阔的南天下，把自己交给沉沉暮霭中不可知的"未来"了。

自古以来，多情的人最怕离别了，那种无可克抑的伤感真不知蚀损了多少善感的心魂——更何况，又是在这样凄冷、寥落的秋天里。我还是借着酒把情愁度过吧，只是，今宵酒醒之后会是何地何方呢？也许是晓风残月里，一处不知名的杨柳堆烟的河边吧！这一去，悠悠的岁月中再也无所谓良辰美景了。即使我依然有千种万种的温柔情意，又有谁能领会？又有谁值得我向她倾诉呢？

【赏析】

《太真外传》云："上至斜谷口，属霖雨弥旬，于栈道中闻铃声，隔山相应，上既悼念贵妃，因采其声为《雨霖铃》曲以寄恨焉。"可能就慢慢演化成后来的《雨霖铃》曲子，成为一支词牌的名称了。

在现实生活中挫伤累累的柳永，却于词的艺术领域中充分迸放了他过人的才情。在他之前，词的形式仍逗留在简短狭窄的小令里，很难适合委婉的铺叙，缠绵的情致。到他手中，由于精通音韵之美，复擅长抽丝剥茧、细密妥溜、明白家常的表现技巧，使词在长调方面走向成熟的阶段，独到的精神意境更是灿然而生。

这阕《雨霖铃》与《八声甘州》同是他的力作，不论从情景的相生、对比、交融，或结构的严密、造语的寓奇突于平浅来看，都称得上是不可多得的词作。

要欣赏柳永的作品，不能不了解他那异于常人的毕生漂泊、仕宦不偶、落拓潦倒的生涯，他无论写乡愁或爱情，都梭织着寥落的身世之感，这也就是人们对这位失意的词人倍加怜惜的原因。《雨霖铃》主要在描写一份爱人间难以割舍而不得不割舍的离情，以萧瑟清冷的秋雨作背景，烘托出人间情爱无比缠绵悱恻的氛围来。通篇字斟句酌，没有一处是掉以轻心的落笔，词人的巧思与功力一至于此，夫复何求？

"寒蝉凄切，对长亭晚，骤雨初歇"，这样的景致本身即染有颇萧索的气氛。"都门帐饮无绪，留恋处，兰舟催发"，柳永因为仕途坎坷，不得不离开京师他去，这一走，连温润的爱情都要抛弃，他怎能有情绪饮酒赋别呢？所以满心的留恋，怎想到不解个中情由的舟子频频催促，催出了时光的无情，也催出了"执手相看泪眼，竟无语凝噎"的无奈景象——执手相看，两情不胜依依；泪眼婆娑中，彼此的内心涌上一股辛酸，把千言万语化成一团无从说起的哽咽。"念去去，千里烟波，暮霭沉沉楚天阔"，音调幽柔、昂扬相生，值得一唱三叹。此处虽然截情入景，但情韵更见悠远不尽。为别后的生涯设想，一则烟水杳渺，伊人难见，再则自己的前途更如同投进千里暮霭般的阴暗、沉重。

下阕的情调更见伤惘，有万劫不复之势。"多情自古伤离别，更那堪，冷落清秋节"，把个人的悲情层层逼进生命的死角。"今宵酒醒何处？杨柳岸、晓风残月"，又是对最近未来的一处悬想，它是一名多情游子兼落魄文人内心真正的感伤，带有一种浓厚颓废的阴柔美——乘着酒意的余勇，他挥手别了心心念念的伊人和象征着人生功名争逐核心的都城，同时也挥走了青云的壮志，无所为也不能为地漂泊向另一处陌生的地方。真想酒醒时有家乡温暖的灯火等我去投奔，有伊人似水的情怀待我去紧拥啊，但是，痴想的尽头是什么呢？想来大概只有杨柳岸边的晓风残月兀自凄清着吧！而今而后，良辰好景总成虚设，它对幸福的人才有所谓的"意义"，受苦受难的人一向是与之绝缘的。"应是"两字，更见用情之痴之真。最后一句"便纵有、千种风情，更与何人说"真是人间透骨情语，岂只传神而已。《诗经》写妇怨说："岂无膏沐，谁适为容？"柳永对别情的体会则更含蓄、更深细，本是普天下有情人最不足为外人道的心声，却被柳永那么妥帖、精确地道个正着。

即便有一身咄咄逼人的才气，若无实际生活中七情六欲、起伏荣辱的铸炼，也成就不了一名了不起的大词人。柳永，正是最典型的一个例子，你可以不喜欢他的"俚俗"，你也可以厌恨他的潦倒颓废，但是，你永远否定不了在他的一生中，"凡有井水处，即能歌柳词"的骄傲。他在词史上的不朽是以不尽的血泪沧桑换来的。

望海潮

东南形胜，三吴都会，

钱塘自古繁华。

烟柳画桥，风帘翠幕，参差十万人家。

云树绕堤沙，

怒涛卷霜雪，天堑无涯。

市列珠玑，户盈罗绮，竞豪奢。

重湖叠巘清嘉，

有三秋桂子，十里荷花。

羌笛弄晴，菱歌泛夜，

嬉嬉钓叟莲娃。

千骑拥高牙，

乘醉听箫鼓，吟赏烟霞。

异日图将好景，归去凤池夸。

【语译】

钱塘（今浙江杭州）是江南胜地，自古繁华的大都会。这儿柳态如烟，桥景似画，在风帘翠幕里，住着参差不齐的十万人家。绕城的钱塘江水是天然的屏障，堤边围着一簇簇云般的树林，潮水汹涌时仿佛迎空卷起的茫茫霜雪。市场上陈列着各种款式的珍珠美玉，家家有的是绫罗绸缎，好一片竞豪争奢的光景！

西湖群山清丽，里湖、外湖与后湖景致绝佳。到处可闻三秋桂花的飘香，一眼望去尽是连绵十里的荷花，还有那日夜依依的笛管和采菱舟上流荡的清歌。稍微留神就能瞥见悠然垂钓的老翁，耳边不时传来三三两两采莲姑娘嬉悦的声音。孙何先生（时任两浙转运使，驻节杭州）出巡时的排场可真大呀！成千的骑兵簇拥着大军旗，看他一边乘醉听箫鼓，一边还吟赏烟霞呢。将来回到朝廷，一定会将此地的风光好好向大家去夸述吧。

苏　轼
（1037—1101）

苏轼，字子瞻，自号东坡居士，眉州眉山（今四川眉山市）人，生于宋仁宗景祐四年（1037）一月，卒于宋徽宗建中靖国元年。他是文学史上罕见的全能作家，不世出的大天才。二十一岁中进士，不久即名满京华。神宗时因反对王安石的新法，不断遭受贬黜，甚至被捕入狱。哲宗时旧党主政，东坡被召还为翰林学士，除兵部尚书。晚年新党再度掌权，东坡累以文字获罪，远贬海南岛，宋徽宗即位（1101）大赦北还，病殁于常州，享年才六十五岁。

东坡的一辈子几乎全是忧患失意的境遇，虽然对现实的政治是那么充满着不平的心情，但他经常保持乐观豪迈的精神，不时发出健朗慧黠的笑声。山水田园的乐趣、友朋诗酒的挚情、哲理禅机的妙悟、手足妻儿的温暖，以及为了苦难生民的奔波请愿，梭织成他丰富有意义的一生。他这种潇洒自如的生命态度，让他的政敌们简直气坏了，就更加紧用尽手段来折磨他，可是，东坡最后倒下来的只是肉身，他的精神已经不朽于永恒的人间。

东坡以他跌宕千钧的笔力、纵横磅礴的气势，一扫晚唐五代以来柔靡艳恻的词风，使词坛开拓出一种前所未有的新气象来。他以诗为词，将词的内容，由先前狭隘的儿女艳科，扩展到咏史、说理、怀古、谈玄、感时伤事，旁及山水田园、身世友情的抒写，真正达到"无意不可入，无事不可言"的地步。词的题材既然牢牢配合了个人生活的各个层面与历史兴亡的触感，那么它在意境与风格上，都势必大大突越前人的局限。东坡词的风格是多样的，他既能豪放高旷，复能清丽韶秀，只要他用心用情去写，是没有什么能范围他、难倒他的。

词从唐至北宋前期，必定力求协律可歌，词家们往往为了迁就音乐性而使词的文学生命减色。可是，一到东坡的手里，他那天马行空的才情，是不允许被这些脚镣手梏给限制住的，所以，他的词性往往不协音律。不了解东坡的人还以为他不懂音乐，或误会他根本不会唱歌，其实是"不喜剪裁以就声律"耳！这也是他横放杰出的才情所使然。从某个角度上来看，东坡这种作风，正打破了几百年来音乐所加之于词的束缚，使词能在文学的天地里恣意地蓬勃发展，不能不说是一项卓越的贡献。

【作品】

江城子

乙卯正月二十日夜记梦

十年生死两茫茫，

不思量，

自难忘。

千里孤坟，无处话凄凉。

纵使相逢应不识，

尘满面，鬓如霜。

夜来幽梦忽还乡，

小轩窗，

正梳妆。

相顾无言，惟有泪千行。

料得年年肠断处，

明月夜，短松冈。

【语译】

十年来生死相隔的岁月里，该是两处茫茫吧？即使不去思量它，也很难忘怀。如今你独自远在千里外的孤坟中，我内心的凄凉是没有地方去诉说的。纵然有机会再度重逢，恐怕你也认不得我了，你怎么想象得到我已经风尘满面、两鬓如霜了呢？

昨夜梦魂轻飞，居然回到家乡。清楚地看见你坐在小窗口旁，正在梳妆打扮。我默默望着你，你痴痴看着我，任由千行万行的眼泪簌簌落下来。自从你离我远去，去到一个我所不能及的世界起，我已经料到，这明月里栽满松树的小山岗，将是我年年心碎肠断的所在了。

【赏析】

这阕词写在东坡原配夫人亡后十年。虽然悠悠生死别数年，但王氏的魂魄还是来入梦了，时间的流逝和空间的转换所能淡化的似乎只限于某些不经意的俗情，而东坡与原配王氏之间所存在的情感，则随着死者的渐去日遥、生者的阅历日深而益加深沉、厚重。

东坡十九岁那年在父母的安排下，娶十六岁的王弗为妻，她是位明理、能干而现实的女人，具有那种能力，可以看出自己丈夫的纵横才气，甚至隐隐预料到东坡日后的成就与名望。她不仅衷心崇拜他、敬爱他，更能在东坡"小事糊涂"的时候提醒他。比方说，东坡最可爱也最糟糕的毛病，就是他老是无法看出别人的错处，他不仅好人、连恶人都相信。而王弗呢？大概是基于女人天生的智慧和敏感，比较能冷静地分出什么是好人、什么是坏人。所以她的话总让东坡事后深感佩服，即使当时并不见得同意。不过，东坡之所以为东坡，就在于他永远学不会设防，更别说是算计别人了。

王弗二十七岁就跟她最挚爱的丈夫永别，她为他留下一个七岁大的儿子。十年的婚姻生活，多半在奔波忙碌中度过，王弗走得这么早、这么匆促，以致无法分享到日后东坡的声华荣耀；三年后，东坡继娶了她的堂妹王闰之，她才是东坡人生中最活跃时期的伴侣。

介绍到这里，我们对东坡作这阕词的情感缘起也许有多一点的了解。说不定他对她有一份永远弥补不了的歉意，虽然比起往后照亮东坡爱情生命的朝云而言，王弗可能没有承受过他细腻深致的爱恋，但是，她在东坡的心底深处，是以另一种永不磨灭的情姿存在着的。

生死异路之后，东坡彻底投身于人生的战场，王弗则孤单地行向世界的彼端。东坡写过："人生无离别，谁知恩爱重？"离别，当然是包括了生离和死别，生离的人也许还有机会互诉情衷，"身在情长在"呀！死别呢？"千里孤坟，无处话凄凉"——还有什么比这句话更沉怆、更悲凉的？

而更悲凉的可能在于这样的独白和悬想吧："纵使相逢应不识，尘满面，鬓如霜。"

十年的人世沧桑与幻化，已然使当年英挺、俊逸的青年变成满面风尘、双鬓如霜的壮年了。即使相逢了，她还能辨识他吗？

事实上是再也无法碰面了，可是，总还有梦可资依凭，东坡似乎只是有点惊异于自己的"夜来幽梦忽还乡"，会不会是他已极其熟悉这梦途，只要轻轻闭上眼，全心全意深深追忆她，果尔就可以清晰望见她款款地坐在家里的小轩窗旁，正着意梳发整妆？——伊还是那永恒的年轻，那眼色、那神容，从来如是。唯一最大的不同是现在"相顾无言，惟有泪千行"，完全取代了往昔对远景的共同期待。

东坡太率真，从某种意义而言，他的人生真的四十才开始。从这个四十岁的点，他蓦然回首，泪光阑珊处，正是怆痛的伊人。当然，东坡的泪千行，除了对亡妻绵想的感情外，一定还夹带着许多不足为外人道的辛酸。

梦总有醒的时刻，证诸东坡往后的生命历程，我们知道，东坡是以笑来升华泪的能手。他的生命内容丰富而深刻，他掌握了大快乐，同时也就吞咽着大痛苦。他容或未能给王弗以全部的爱情，但是，当我们读到他的"料得年年肠断处，明月夜，短松冈"这句词的时候，有谁还能疑惑他的真呢？

【作品】

水调歌头

丙辰中秋，欢饮达旦，大醉作此篇，兼怀子由。

明月几时有？把酒问青天。
不知天上宫阙，今夕是何年？
我欲乘风归去，又恐琼楼玉宇，
高处不胜寒。
起舞弄清影，何似在人间！

转朱阁，低绮户，照无眠。
不应有恨，何事长向别时圆？
人有悲欢离合，月有阴晴圆缺，
此事古难全。
但愿人长久，千里共婵娟。

我举起酒杯向沉默的上苍询问：像这样明圆的月儿，能持续几时呢？不晓得天上的宫阙，今夜是何年何月？在醺然的酒意里，我极想乘风归去，可是，又恐怕高高在上的玉宇琼楼，有着令人难堪的肃寒。恍惚中，我翩然起舞，舞碎了自己清瘦的孤影，觉得轻飘飘的，竟不像是在人间了。

不久，明月转过朱红的楼阁，斜向绮丽的门扉，正好照着难以入眠的我，月儿啊，你是不应该有什么憾恨的，为什么偏在人间无数的分别里兀自圆满呢？人生总有太多的悲欢离合，月儿也有不断的阴晴圆缺，自古以来就没有持久的完美。只愿人们心底深处长存着一份挚情，那么，即使相隔千里，也能共看清莹的月亮遥诉心曲了。

【赏析】

东坡天生是个见不得生民受苦的人，他不断以诗文来表达民间的疾苦，抗议政治上种种不合理的措施，好像从来不考虑这些抗议，对自己（前途）有什么不良的阻碍，所以，他一辈子几乎很少在同一个地方待三年以上，倒是随时有收拾行囊的心理准备。神宗熙宁七年（1074），他从杭州移往青岛附近的密州担任太守，这阕大家公认为历史上最好的中秋词，就是他在密州期间（1076年中秋）的作品。

密州非常贫瘠，跟杭州比起来不啻霄壤，官员的待遇又低得可怜，加上早五年开始，东坡便与王安石不合，造成政治生涯的载浮载沉。加上原配王氏的逝世，对踏入不惑之年的东坡而言，的确有许多沮丧、不安、悲哀，甚至恐惧的心情隐藏在他那豪旷、嬉笑的外表底下。这时，东坡和一同苦乐相依、手足情深的弟弟苏辙匆匆一别已是五载，山水遥隔，会面无由，更加深了他对现实人生的迷惘以及多重感触的郁结。现在偶逢中秋，月圆人不圆，世情的多幻多变，怎不令东坡豪饮大醉，醉后挥笔？

借着对苍天的既问且诉，我们感受到一颗溢满人间热爱的心灵，是多么挣扎、多么痛苦。"我欲乘风归去"，就这样飘然远去，了无挂意该多好。可是"又恐琼楼玉宇，高处不胜寒"。啊！还是回头纵身人海吧，对东坡这样的人而言，他对苍生的关注是永远放不下的，他是一个要把生命彻底活过的人。所以，他还是选择了世态冷暖，多苦多难的人间。

对着如霜似水的月色，东坡是难以成眠的。照理说，造化即便不仁，也"不应有恨"才是，为何老是选在人间别离失意的时候，兀自团圆呢？这句写得宛曲极了，其实，大家都晓得是因为人间的离别太频仍，人生的失意太繁多——青春、韶秀、喜聚、爱恋，尽管烟云即逝，原本"此恨不关风与月"，东坡是要故意这么说的，但，如果你以为他因着不断的折磨就心里有了恨，有了憾，那也不尽然。

东坡很痴情，他问天询月，结果是自问自答。他承许了"人有悲欢离合，月有阴晴圆缺，此事古难全"的现实，这个任谁也拗不过。既然如此，那么人生的不能完美也该泰然接受，与其念念不忘它的残缺，倒不如好好惜生，让温婉的月儿来见证异地相隔，但又能深互悬念的人间至情吧！下面，我们特别录下东坡的《沁园春》供大家参考，它是由杭州到密州途中，想起弟弟，情不自禁地吟赋的词篇，非常感人。如：

沁园春

赴密州，早行，马上寄子由。

孤馆灯青，野店鸡号，旅枕梦残。
渐月华收练，晨霜耿耿；云山摛锦，朝露溥溥。
世路无穷，劳生有限，似此区区长鲜欢。
微吟罢，凭征鞍无语，往事千端。

当时共客长安，似二陆初来俱少年。
有笔头千字，胸中万卷，致君尧舜，此事何难？
用舍由时，行藏在我，袖手何妨闲处看。
身长健，但优游卒岁，且斗尊前。

【作品】

定风波

三月七日，沙湖道中遇雨，雨具先去；同行皆狼狈，余独不觉。已而遂晴，故作此词。

莫听穿林打叶声,

何妨吟啸且徐行。

竹杖芒鞋轻胜马,

谁怕?

一蓑烟雨任平生。

料峭春风吹酒醒,

微冷。

山头斜照却相迎,

回首向来萧瑟处,归去。

也无风雨也无晴。

【语译】

　　别在意那些穿过树林、敲打树叶的雨声,闲来不妨率情吟啸,慢慢走把步履放轻松。手拄着竹杖,脚踩着芒鞋,这样子走起来可是比马还轻快哩!人生的路途上,有什么好怕的?即使是一身蓑衣在满目烟雨中行走,也可以安度此生。

　　春风犹带着几分寒劲,把我微醺的酒意都吹醒了,心头不禁涌起丝丝的清冷。山头西下的落日,却正缓缓迎面而来。回头细思从前走过的路,眼前浮起一幕幕萧瑟的景象。还是回去吧!想开了,想透了,其实也没什么大不了的风雨,了不得的丽晴。

【赏析】

　　猛一接触这首作品,会让人觉得东坡真是既潇洒又豪迈,既坚强又沉稳，马上由衷地喜爱起来。表面上看去，它似乎是一回"中途遇雨"的写实经验，深一层体会的话，全篇句句都是双关语，充满着丰富的隐喻。

宋神宗元丰二年（1079）七月，东坡终因与王安石的政治立场不合，被控"中伤政府""恶意攻讦"，革去湖州刺史的官职，旋即被捕入狱，审讯相当久，共历六七周。他一共在牢中关了四个月零十二天，直到除夕方才出狱，贬至汉口附近的黄州。

死里逃生的东坡，心魂震荡，开始真正潜心思索生命的真谛。他花了相当大的心神，来作内在的观照反省，努力研究心灵澄静平安的途径，信教似乎愈来愈虔诚，心和形更是尽量与大自然融合。他和家人在黄州待了四年，过着极清苦的物质生活。这里的景色其实并不出色，但是，东坡有意把它想象成、感受成无比的风华，他很快地又兴致勃勃地过活起来。而这阕《定风波》，就是这段期间的作品，写的时候东坡四十七岁。

"乌台诗案"的确是东坡人生旅程上的一场暴风疾雨，他放言高论，根本不作提防，入狱受审时，不知有多少了解他的人们在精神上支持他，他的风骨神采更令狱卒对他礼遇有加。所以，尽管急雨"穿林打叶"而来，东坡内心深处所坚执的那个信念绰绰有余，使他在精神上"吟啸且徐行"。当人们退回"竹杖芒鞋"时，通常忍不住怀念有"马"时的快速、便当。可是东坡却能从相对的角度去想"竹杖芒鞋"自有它的恬适、轻松。一阵急雨有什么可怕的呢？它总会过去的，就算它苦挨着不肯停，蓑衣一袭，也可以撑起一场淡泊的人生啊！

　　雨终于停了，来自人间的料峭春风驱走了酒意，陡地拂来一身（心）寒意（再怎么说，东坡还是免不了劫难后的余悸）。一仰首，迎面而来的竟已是依依的夕照——四十七岁，人生的颠峰尚有多少？往前看，是看不见日正中天的景象了。回头望向一路走过的痕迹，所有的风风雨雨，已逐渐归于平静，平静得让人觉得有一种萧瑟的清凉、一种醉后的清醒。

　　星流云散，那也就是归去的时刻了。

　　所谓的风雨和所谓的丽晴，以及所谓的沧桑和所谓的甘甜，原也不过是转化相对的现象而已，到头来，还不是复归虚无。那么，还要斤斤然挂意、执着些什么呢？

　　穿过风雨的东坡，终于体触到生命的真谛，同时也为自己找到了安顿的地方。

　　【作品】

念奴娇　赤壁怀古

大江东去，浪淘尽，

千古风流人物。

故垒西边，

人道是，三国周郎赤壁。

乱石崩云，惊涛裂岸，卷起千堆雪。

江山如画，一时多少豪杰。

遥想公瑾当年，小乔初嫁了，

雄姿英发。

羽扇纶巾，

谈笑间、强虏灰飞烟灭。

故国神游，多情应笑我，早生发华。

人生如梦，一尊还酹江月。

【语译】

长江滚滚东去，汹涌的浪涛，冲尽千古以来的英雄人物。听人家说，这个古旧的营垒就是三国时代周瑜的赤壁。那山崖上嵯峨累叠的乱石，仿佛把天上的云絮都崩开了。骇人的波涛，那凶猛的气势直要把岩岸都撕裂，重重卷起如雪的浪花。这片如画的江山里，一时有多少豪杰登场？

想起遥远的当年，美丽的小乔刚刚嫁了过去，周瑜正是雄姿英发。手执羽扇，头戴纶巾，儒雅的周瑜啊，在闲谈笑话之间，竟使强劲的魏军全化成了灰烬。如今，我身在此地，心神却飘游向故乡，多情的人儿大概会笑我，这么年轻就白发丛生了。唉，人生真像一场大梦，还是举起酒杯向江上的明月默默凭吊已如云烟的往日吧！

【赏析】

这阕词是东坡谪居黄州期间（1080—1084）的作品，与前后《赤壁赋》和《记承天寺夜游》同为此期的佳构。

神宗元丰五年（1082），东坡四十七岁，曾经两度游赤壁，不过，黄州的赤壁并不是三国时有名的"赤壁之战"的现场，这点东坡自己也知道，只是地名相似，思古幽情自然缘此而发了。

当东坡目睹"大江东去"的自然壮景，不觉于"逝者如斯，不舍昼夜"的体触中勾起"浪淘尽，千古风流人物"的历史兴亡感来。这群当年登上时代舞台的风云巨星，像周瑜、诸葛亮、曹操、鲁肃，尽管曾经在历史的洪流里"乱石崩云，惊涛裂岸，卷起千堆雪"，骋尽不可一世的英雄气概与风流本色，但是，如今安在哉？江山依然如画，别来完全无恙，可是人物则早已星流云散。除了西边古旧的营垒似乎还能引导人滑进时光的隧道之外，恐怕一切都已经成为"人道是"的虚惘了。

这一群济济的豪杰里，显然"周郎"极突出于东坡的概念中，所以，他才以"三国周郎赤壁"作为其中代表的焦点。从下阕对周瑜画龙点睛的描述，正道出东坡无比渴慕的心情。"遥想公瑾当年，小乔初嫁了，雄姿英发"——一位英俊儒雅的少年，娶了当代的绝色美女小乔，岂不是造化之最？而倜傥风流的周瑜竟然在"羽扇纶巾，谈笑间"，就让"强虏灰飞烟灭"，这真是男人气概的极致了，爱情、事功两全，人生到此，夫复何求？！

面临如此浩荡的江水，如此空灵的历史遗音，东坡真想把自己纳入这位英雄的精魂里了，可是一不留神，却又自怀古的玄想中跌回现实，往事早已如烟，再回头看看自己，不仅不如当年雄姿英发的周瑜，而是尘满面、鬓如霜了——但，多么使人忍不住神往啊！

"故国神游"，当指以上种种对英雄史迹的怀想神游。"多情应笑我，早生华发"的"多情"或有三种说法：第一种指东坡的亡妻王氏，为什么呢？因为词中周郎小乔的情殷，正所以对应东坡与其亡妻的意挚。第二种说法认为"多情"是指东坡自己，这么一来，就是东坡自嘲自话了——因为自己太多情，常常胡思乱想，才会早生华发，所以自个儿觉得好笑，借这一笑，把前面的神游痴想一把推开去，而引出最后的结语。第三种看法是，"多情"指称周瑜。从词中两次提到周瑜，以及以他的爱情事迹作为怀古伤今的重要脉络来看，东坡的神思极愿与他叠合，借着神游故国的机缘，他们的精魂是可以在历史的甬道中相逢的，这时，仰慕周瑜的东坡内心想道：

"你该会笑我早生华发吧？"

也许，周瑜会拍拍这位老弟的肩膀，笑而不语；也许，正当这时，东坡不知为何猛然跌回当下的现实世界，也许，周瑜只如一张幻影，小乔、赤壁火战……都急速化去，只留下眼前盈耳的涛声和那巨大的天地，兀自永恒着。

东坡神游至此，不觉深感："人生如梦"。尊里美酒留着做什么呢？人生匆匆，至少在大江东去，浪淘尽这一代的风流人物之前，且为那不竭不尽的江中明月祭拜一杯吧。

而这一节赤壁因缘倒成就了约三百年后写于《三国演义》之前的一阕《西江月》序词，现引于后：

滚滚长江东逝水，浪花淘尽英雄，

是非成败转头空，

青山依旧在，几度夕阳红。

白发渔樵江渚上，惯看秋月春风，

一壶浊酒喜相逢，

古今多少事，都付笑谈中。

【附录】

永遇乐

　　彭城夜宿燕子楼，梦盼盼，因作此词。

明月如霜，好风如水，清景无限。

曲港跳鱼，圆荷泻露，寂寞无人见。

紞（dǎn）如三鼓，铿然一叶，

黯黯梦云惊断。

夜茫茫，重寻无处，

觉来小园行遍。

天涯倦客，山中归路，

望断故园心眼。

燕子楼空，佳人何在？空锁楼中燕。

古今如梦，何曾梦觉？

但有旧欢新怨。

异时对，黄楼夜景，为余浩叹。

【语译】

　　明月像霜华般白洁，好风像清水般柔凉，眼前是一望无际的清秀景致。弯曲的港湾里传来此起彼落的鱼跳声，圆满的荷叶有水露的滴响，可惜无人领会到这份寂寞的清美。迷糊中听见鼓打三更，一片叶子"铿"的一声掉下来，惊断我幽渺如云（仿佛见到关盼盼）的梦境。茫茫夜色中，独自把小园走遍，却再也找不到伊人的踪影。

　　长久的浪迹天涯，真令人倦意满怀。山中纵有归路，可是，就算把故园的方向望断了，归期依旧难料。燕子楼中人烟杳渺，昔日的佳人到哪去了呢？只是空锁着一群不谙人事的燕子罢了。古往今来真像一场场无休止的梦，有谁真的从梦里醒来过呢？似乎只剩得那不断更迭的旧欢新怨。我此刻在燕子楼中，为关盼盼感叹，或许将来，也会有人面对我所建造的黄楼，在夜色苍茫中，为我发出声声长叹吧！

江城子　密州出猎

老夫聊发少年狂，

左牵黄，右擎苍。

锦帽貂裘，千骑卷平冈。

为报倾城随太守，

亲射虎，看孙郎。

酒酣胸胆尚开张，

鬓微霜，又何妨！

持节云中，何日遣冯唐？

会挽雕弓如满月，

西北望，射天狼。

【语译】

老夫兴来姑且学少年狂劲模样，看我左手牵黄狗，右臂举苍鹰；头戴锦蒙帽，身穿貂鼠裘，威风八面，带着随从千骑奔驰过山岗。为了酬谢满城的人前来观猎的盛意，看啊！让你们瞧瞧，我就是三国时代跨马射虎的英豪孙郎（孙权）！

酒酣耳热兴味浓，胸怀开旷胆量大。哈！像我这把年纪，鬓发星霜又何妨！我恰似汉朝魏尚，困厄边疆，不知道什么时候朝廷才会派遣正义凛然的冯唐，持着信符，再任命为云中守呢？到那时，我将狠狠地把弦拉成满月形，瞄向西北，射天狼星座，为国家扫除妖孽（东坡正以魏尚自喻）。

晏几道

（1048—1118）

晏几道，字叔原，号小山，抚州临川（今江西抚州市临川区）人。宋仁宗庆历八年（1048）生，他是晏殊的第七个孩子，也是位老来子（当时晏殊五十八岁）。仁宗至和二年（1055），晏殊去世，而晏几道刚好八岁。他生于侯门，身为王孙，在繁华富丽的天地度过童年岁月。这些经验深深地影响他后来的创作。

晏几道生来好学，潜心六艺，玩思百家，他"磊隗隽奇"（《小山集·序》），论调很高，但不为沽名钓誉。"文章翰墨，自立规模"，"论文自有体，不肯一作新进士语"（同上）。他本性豪迈不拘，不苟求进，心地纯洁，禀赋天真，深信"齐斗堆金，难买丹诚一寸真"（《采桑子》），所以，他披沥肝胆与朋友交往。他"疏于顾忌"（《小山集·序》），凡事不太计较，"人百负之而不恨，己信人，终不疑其欺己。"（同上）难怪好友黄山谷说他"痴绝"了。

在感情上，他一往情深，多愁善感。他曾说"多情爱惹闲愁"（《忆闷令》），"到情深，俱是怨"（《更漏子》），所以他的词篇尽是"多愁饶恨"（《于飞乐》）的心声。

他"仕宦连蹇"，但并没有一傍贵人之门，凭他父亲的社会关系，至少可以改善他的处境，可是他"一肚皮不合时宜"（况周颐《蕙风词话》），始终以"固穷"作为生活原则。

宋神宗熙宁二年（1069），王安石为参知政事，创行新法，使得政治紊乱，民不聊生，这时晏几道有位好友名叫郑侠，慨然上书，直指新法的不当，文中提到罢黜吕惠卿，进用冯京（按：冯京为富弼女婿，几道甥婿），并绘流民图呈上。结果，在熙宁七年（1074），郑侠遭贬黜，谪移英州编管，并穷究和郑侠平时有来往的人，在郑侠的箧笥里找到几道写给郑侠的一首诗：

小白长红又满枝，筑球场外独支颐。

春风自是人间客，主张繁华得几时？

终于因这首诗，几道亦被株连而锒铛入狱。后来神宗读了这首小诗，大为赞赏，即令释出。

元丰二、三年间（1079—1080），几道在开封与黄庭坚、王铋等人同游唱和。五年，三十五岁的几道，当了卑微的颍昌许田（今河南许昌市西南）监镇。

宋哲宗元祐三年（1088），以长短句著名的晏几道引起苏东坡的注意，想透过黄庭坚的介绍会晤几道，但被几道婉绝了，当时几道说："今日政事堂中半吾家旧客，亦未暇见也。"（《砚北杂志》上）

宋徽宗崇宁四年（1105），晏几道五十八岁，在开封府任推官，以两经狱空，转一官，并赐章服。他"年未至乞身，退居京城赐第，不践诸贵之门"。（王灼《碧鸡漫志》二）在这之前，他还当过太常寺太祝（欧阳修撰《晏殊神道碑》）。大概在徽宗政和末年（1118），这位传奇的王孙晏几道才离开世界，享年约七十岁。著有《小山词》一卷，计二百五十六阕及诗六首。

从晏几道的生命史上看，他经历了仁宗、英宗、神宗、哲宗、徽宗五朝，在词史里应该属于北宋后期的作家。他的词"工于言情"（陈廷焯《白雨斋词话》），而且"得之天然"（王灼《碧鸡漫志》），由于耿介的个性与一往情深、多愁善感，使他的感情世界呈现悲剧的样态。

【作品】

临江仙

梦后楼台高锁，酒醒帘幕低垂。

去年春恨却来时。

落花人独立，微雨燕双飞。

记得小蘋初见，两重心字罗衣。

琵琶弦上说相思。

当时明月在，曾照彩云归。

【语译】

醒来时，醉梦中的欢情消失了。人去楼空，外面的景象是那

149

么凄清。门帘低垂，我孤独在这里，守着一室幽静。在这孤寂无奈的当头，去年的"春恨"好生捉弄人，如浪潮一般涌上心田。微雨中，独自走到花前，花瓣缤纷落了下来，莫非告诉我，春天就要走了。而燕子偏双双对对地飞来飞去，它们怎会知道，它们的快乐是我的伤悲。

依稀记得第一次看到小蘋姑娘的时候，她特殊的情韵，让我终生难忘。那夜，她身穿两重心字的罗衣，体态婀娜。纤细的手指透过琵琶轻诉相思，真教人陶醉呀！然而，往事如云烟，空留回忆罢了。今夜，望着当时照着小蘋姑娘回去的明月，禁不住让人感慨世事沧桑了。

【赏析】

在感情上，晏几道是属于一往情深、多愁善感的词人，他曾自剖："多情爱惹闲愁"（《忆闷令》），"到情深，俱是怨"（《更漏子》），因此，在他的二百五十六阕词里，尽是"多愁饶恨"（《于飞乐》）、"点点行行，总是凄凉意"（《蝶恋花》）的心声。根据我的统计，这种"悲凉"的情事在《小山词》里，共有一百七十五阕之多，难怪冯煦会说："小山，古之伤心人也！"

《临江仙》的感情基调是悲凉的，其主题是追忆过去与歌女小蘋的一段情。

根据晏几道《小山词·跋》：

始时沈十二廉叔，陈十君宠家有莲、鸿、蘋、云，品清讴娱客。每得一解，即以草授诸儿，吾三人持酒听之，为一笑乐。已而君宠疾废卧家，廉叔下世，昔之狂篇醉句，遂与两家歌儿酒使俱流转于人间。

可以知道，这些际遇可能是此阕词的创作背景。所以张宗橚的《词林纪事》便直截了当地说："此词当是追忆蘋、云而作。"不过，还值得商榷，我们认为"此词当是追忆歌女小蘋"可能来得恰当些。

上阕开始两句：

梦后楼台高锁，酒醒帘幕低垂。

是同行并置的句型，着重眼前实景的描绘。这种句型可能是从晏殊《踏莎行》的"一场愁梦酒醒时" 句演绎而来。醒来时，醉梦中的欢情消失了，人去楼空，外面的景象是那么凄清。门帘低垂，我孤独在这里，守着一室幽静。

很明显地，这两句不仅在描绘诗人所处的隔绝时空，同时也在衬托诗人内心的孤寂感，特别是在"梦后""酒醒"时，春恨秋愁，离情别怨和无端的闲愁更乘虚而入，迸涌心田。

接着：

去年春恨却来时。

是在上述心情下的自然反应。"春恨"，点出时间，也反衬出去年此时此地令人感到"美好愉悦"的一段经历。可是物是人非，春恨立即乘机而入，弥漫空虚的心灵。最后二句：

落花人独立，微雨燕双飞。

与"春恨却来时"是互为因果、关系密切的景象。换句话说，此两句与"春恨却来时"是同一时空的展示。"落花""微雨"，是春意阑珊的季节，这时，"人独立""燕双飞"，自然而然，在诗人的心里形成了极为鲜明的人、物对比：我的独立与燕的双飞。这不仅显现了诗人的孤独无聊，同时也作了极深刻的嘲弄。看那嬉戏双飞的燕子，与自己寂寞孤独的情景，好生揶揄啊，这是第一层"恨"；想到去年此际，自己何尝不是也跟心上人肩并肩，手携手，对着"落花""微雨"倾诉衷曲？然而，人走了，情调也没了，眼前的景象徒增惆怅情绪，而那"双飞"的燕子，不解人情，偏在这时出现，这是第二层"恨"。总而言之，作者试图借外在人、物的对比，来衬托其内心的寂寞凄苦。

下阕开始三句：

记得小蘋初见，两重心字罗衣。
琵琶弦上说相思。

152

在动作上是一脉相连的。由上阕流露的"春恨""寂寞"，对现境——空虚——强烈渲染的结果，势必会转向过去美好的时刻上，此种追溯的心理，就是补偿作用。作者透过三句来刻画小蘋的形象与情韵，同时也说明他念念不忘的情意。"两重心字罗衣"与"琵琶弦上说相思"，从视觉（衣装）与听觉（琵琶）上去描绘，揭示作者对小蘋的"一见钟情"，以及小蘋的深情流露。"心字罗衣"，一说是用心字香熏过的罗衣；一说是女人衣服，曲领如心字形状，这里除了反映作者细致的观察之外，"心"字也含有小蘋的深情蜜意，可谓一语双关。

最后两句：

当时明月在，曾照彩云归。

使"春恨"涨到高潮。"当时明月在"，点出了"过去"歌酒生活，因为"明月"辉照而鲜明，可是，物是人非，如今"明月"依旧，而过去那段歌酒生活，已如镜花水月，不能再有。尤其是曾经照过小蘋离去的明月，如今依然高挂天空，看着月亮，他内心有着无限的感触，无限的悲凉。不仅是实指，同时也是暗示，李白《宫中行乐词》："只愁歌舞散，化作彩云飞。"把歌伎与彩云相提并论，很容易让人生发轻盈、飘逸的联想。作者以"彩云"喻"小蘋"，无非强调他对"小蘋"的一份"美感经验"。

然而作者借着"情境"的对比，使过去与现在的情境对立，无疑地，也造成了嘲弄的效果。

【附录】

阮郎归

天边金掌露成霜，
云随雁字长。
绿杯红袖趁重阳，
人情似故乡。

兰佩紫，菊簪黄，
殷勤理旧狂。
欲将沉醉换悲凉，
清歌莫断肠。

【语译】

高台上仙人掌露盘的露水已结成了薄霜，浮云跟着雁南飞的行列，拉得长长的，啊，这可不是秋已来到的讯息？趁着重阳节，我准备酒肴，带着歌女登高去，客居的人情味，习惯后跟故乡竟然有点相似。

佩上紫色的兰花，插着黄色的菊花，它们的傲霜气节正如我的孤高，情不自禁，我又将昔日的狂态搬了出来。真想借一场酣醉来消除胸中的悲慨，可是婉转的歌声，千万别唱出这种悲怆的音调呦。

鹧鸪天

彩袖殷勤捧玉钟，

当年拼却醉颜红。

舞低杨柳楼心月，

歌尽桃花扇底风。

从别后，忆相逢，

几回魂梦与君同。

今宵剩把银釭照，

犹恐相逢是梦中。

【语译】

依稀记得当年你穿着彩衣，情深意浓地拂着酒杯劝酒，我为你痴迷，酒逢知己，我喝得脸上虽已酡红，也不惜一醉，彻夜不停地狂歌热舞，舞姿连月亮也吸引到杨柳楼里来（月已斜），歌声也透过桃花扇里散入风中（席将散）。

自从别离后，我时常盼望能再相见，多少回做梦和你欢聚在一起。今夜相对，我举起银灯照了又照，真担心我们只是在梦中相逢呢。

秦 观

（1049—1100）

　　秦观，字少游，一字太虚，扬州高邮（今江苏高邮市）人。生于宋仁宗皇祐元年（1049）。少时豪隽慷慨，常形之于文词。举进士不中，有一次在徐州看到苏东坡，便写一篇《黄楼》，东坡读了以后很是感动，以为有屈原、宋玉的才华。特别把他介绍给王安石，王安石也夸奖他的作品像鲍照、谢朓的清新。东坡还勉励他专心应举，后来果然登了进士第。

　　少游当过定海主簿、蔡州教授，宋哲宗元祐初，因东坡的推荐，除太学博士，迁秘书省正字，兼国史院编修。

　　绍圣元年（1094），少游四十六岁，章惇当权，排斥元祐党人，因此，被贬逐任杭州通判，不久，又被贬逐到处州、郴州、横州，最后任雷州编管。元符三年（1100），少游五十二岁，在雷州自作挽词，自序云："昔鲍照、陶潜皆自作哀词，其词哀；读余此章，乃知前作之未哀也。"

　　宋徽宗即位，少游被命复宣德郎，放还。到藤州，因醉卧光华亭，曾在梦中作《好事近》，其中有"醉卧古藤阴下，了不知南北"。忽然想要水喝，家人捧上水，少游笑看着水便与世长辞了。

少游诗文两方面的造诣都工丽深致，在当时文坛上极有知名度，仅次于苏东坡、黄山谷。他在词的方面的成就，使他跻身北宋大词人行列。著有《淮海词》，又名《淮海居士长短句》。

少游是苏门四学士之一，很受东坡的赏识。他的词风婉约，辞情相称。小令委婉，有花间、南唐的韵味。慢词婉丽近似柳永的风格，可是因为其中有爽朗之气、沉郁之情，所以不流于柳词的卑靡，张炎说他："体制淡雅，气骨不衰。"（《词源》）

在政治上，少游屡遭徙放，但内心即使有多大的苦闷，仍然不减寻幽探胜的情趣，形诸词篇，大多写"登山临水栖迟零落之苦闷"（郑因百《成府谈词》）。他的词最受人传诵的，大半是作于被贬逐以后，冯煦曾说："淮海、小山，古之伤心人也；其淡语皆有味，浅语皆有致。"（宋六十一家词选·例言）言简意赅地道出少游词的艺术造诣。

在中国歌词发展史上，他也是小令词到慢词的关键人物之一，而且是集大成者周邦彦的先路。下面，我们拟录两阕慢词让大家吟诵，并进一步了解他慢词的表现。

梅英疏淡，冰澌溶泄，东风暗换年华。

金谷俊游，铜驼巷陌，新晴细履平沙。

长记误随车，

正絮翻蝶舞，芳思交加。

柳下桃蹊，乱分春色到人家。

西园夜饮鸣笳，有华灯碍月，飞盖妨花。

兰苑未空，行人渐老，重来是事堪嗟。

烟暝酒旗斜，

但倚楼极目，时见栖鸦。

无奈归心，暗随流水到天涯。(《望海潮》)

倚危亭，

恨如芳草，萋萋划(chǎn)尽还生。

念柳外青骢别后，水边红袂分时，怆然暗惊。

无端天与娉婷，夜月一帘幽梦，春风十里柔情。

怎奈向、欢娱渐随流水，素弦声断，翠绡香减，

那堪片片飞花弄晚，濛濛残雨笼晴。

正消凝，黄鹂又啼数声。(《八六子》)

【作品】

踏莎行　郴州旅舍

雾失楼台，月迷津渡。

桃源望断无寻处。

可堪孤馆闭春寒，杜鹃声里斜阳暮。

驿寄梅花，鱼传尺素。

砌成此恨无重数。

郴江幸自绕郴山，为谁流下潇湘去？

【语译】

楼台迷失在浓密的雾气里，水边渡船的码头在月光的洒照下，显得凄迷极了。再怎么目极千里，理想中的桃源也看不到。我只能在孤清的客馆中，把沁心的春寒闭锁住，就这样一直守到黄昏，听着杜鹃一声声"不如归去，不如归去"的凄厉叫声，让自己在乡愁里煎熬着。

那天远方朋友托驿使为我带来一枝梅花与一封书信。如此的慰藉反而给自己堆积了无限的愁恨。看啊，郴江原是环绕着郴山流的，可是为什么要流向潇湘去呢？

【赏析】

这阕《踏莎行》原题《郴州旅舍》。郴州，即今湖南郴州市。宋哲宗绍圣三年（1096），秦少游四十八岁，以坐谒告写佛书，贬谪郴州，第二年，他写下了这阕"凄婉"的千古绝唱。

显然地，这是写羁旅情怀的词篇，它透露了少游登山临水栖迟零落的苦闷情绪。

上阕开始三句：

雾失楼台，月迷津渡。

桃源望断无寻处。

写出周遭环境的迷濛与理想追寻的落空。其中，"雾""月"两意象明示时间，也造成空间的迷幻感，配合"失""迷""望断无寻处"等消极性的字眼儿，充分显露作者的失意心理。在上述的情景里，由于外在的混沌迷茫，影响内在的晦黯迷惘。"桃源"，这一地理意象，意义极为繁杂，有人说，它与郴州相近，诗人就地取材，不必深索附会。也有人因为"桃源"与陶渊明"桃花源"字源上一致，自然而然地联想到那座理想国、那片净土，因此，有向往追寻的意味。当然更有人以《桃花源记》中的武陵（今湖南常德），配合少游贬官南去时北望，离家乡愈远，因此"桃源望断无寻处"，也就有思乡的意思。

不过话说回来，第三句所呈现的，不管是针对上述的哪一种诠释，其结果终是希望的落空，终是隔绝的羁旅。

四、五两句：

可堪孤馆闭春寒，杜鹃声里斜阳暮。

层层转入，叙述个人只身在孤寂的客馆，凄凉教人忍受不了的情况下，又把料峭春寒闭锁住，就这样一直守到黄昏，其凄苦于此可见。然而，这时听着杜鹃一声声"不如归去！不如归去！"的凄厉叫声，划开寂静，触发了乡愁，使诗人百感交集，凄绝高涨到饱和点。王国维曾说：

少游词最凄婉，至"可堪孤馆闭春寒，杜鹃声里斜阳暮"则变而凄厉矣。(《人间词话》)

真是深得三昧之言了。其实，我们若从声韵的观点来考察，更可以了解这两句的"凄厉"之所在。就声韵而言，凡收音于"乌"(u)、"庵"(an)，即"鱼、虞、元、寒、删、先"诸韵的字，都是非常沉重哀痛的音响，而"可堪孤馆闭春寒，杜鹃声里斜阳暮"两句，"堪、馆、寒、鹃"等字收"庵"音；"孤、杜、暮"等字则收"乌"音，十四字之中有七字出于沉痛的音色，再配合诗人凄绝的情绪，难怪它会如此的"凄厉"了。

下阕开始三句：

驿寄梅花，鱼传尺素。
砌成此恨无重数。

前两句写远方朋友带来的慰藉，"驿寄梅花""鱼传尺素"，阔别千里，这些慰藉应该令人兴奋的，何况像他那么孤寂苦闷的情境，尤其需要。可是，面对如此难得的朋友慰藉，他却说"砌成此恨无重数"，这未免不合情理了吧。原来，对于这些慰藉，寻常人都只从正面来观察，没想到它还存有负面的意义在。当少游收到朋友寄来的"梅花"(除了应景之外，可能也有人格上——不经一番寒彻骨，焉得梅花的扑鼻芳香——的象喻)与"鲤书"

的时候，感受是极为复杂的，睹"物"思人，倍增乡愁，而羁旅（他还是被贬谪的呢！）归不得的悲哀，无形中给自己内心堆积了数不尽的离乡去国的愁恨。

开始我们真的难以想象，朋友的安慰，是少游的伤悲。可是经过上面的分析，或许可以得到进一步的理解。

四、五两句：

郴江幸自绕郴山，为谁流下潇湘去？

另辟蹊径，借景寓情，宕开多向的意义。表面上看来，是说：郴江原是（幸自）环绕着郴山流的，可是为什么（为谁）要流向潇湘去呢？但它可能翻出：郴江也耐不住山城的寂寞，流到远方去了。再深入探索的话，它也可能意味着：自己因为贬谪郴州，得不到自由，不像郴江可以流向潇湘去，看来，自己都比郴江还不如呢！

有人以为此两句出自戴叔伦"沅湘日夜东流去，不为愁人住少时"（《湘南即事》），而与刘长卿"孤舟有归客，早晚过潇湘"（《岳阳馆中望洞庭湖》）意义略似，于是认为此两句"写出望远思乡的真情"。

我个人觉得上面的解释都有可能，都可以接受，但是有一层意义绝不能忽略，那就是：自我嘲弄。少游虽然明写郴江，而正与自己的处境对照，形成显隐的情境对比。显的是"郴江幸自绕郴山，为谁流下潇湘去"，隐的是少游羁旅的事实，如此说来，这种嘲弄（自我揶揄）实在是耐人寻味，也更让人情不自禁地陷入少游置身的愁城里。

【作品】

浣溪沙

漠漠轻寒上小楼，

晓阴无赖似穷秋。

淡烟流水画屏幽。

自在飞花轻似梦，

无边丝雨细如愁。

宝帘闲挂小银钩。

【语译】

在寂静轻寒中，我登上小楼，阴沉沉的清晨宛如深秋的天气，教人烦闷不乐。楼中画屏上延展着淡烟流水的景象，好生幽静啊！

眺望窗外，落花自由自在，轻飘得如梦一般。无边无际的春雨，恰似我心中的愁恨，细细地梭织着。门上珠帘轻轻挂在小银钩上，这闲静我独自细品呐。

【赏析】

这是一阕抒写闲情与淡淡哀愁的词。上阕开始二句：

漠漠轻寒上小楼，
晓阴无赖似穷秋。

由室内写起，描述眼前春寒阴霾的天气。"漠漠"二字形容"轻寒"的寂静弥漫。"上"一字，使"轻寒"拟人化，发挥了它的侵略性，从而无声无息地侵入"小楼"。作者虽不写人物，但是，对"轻寒"侵略性的感知却来自词中的主角，只不过是若隐若现罢了。

"晓阴"点出阴霾的早晨。"无赖"本义为"无聊"，然而在这里是形容"春光"，由于它"乍暖还寒"的变易性，又有"不得人心"的意思。面对这种似深秋般的天气（其实应该是盎然生机的春天），委实教人手足无措，烦闷不已。接着第三句：

淡烟流水画屏幽。

由不得人心的天候转向屏风，正好说明苦闷诗人的心理转移。望着画屏上"淡烟流水"的景象，诗人只好作卧游之想，神游淡烟流水之上而自得其乐了。"幽"字形容画屏风景的幽深之外，也衬托小楼的阒静，这与前面两句灰暗迷离的色泽相呼应，共同营造"闲情"的情调。

下阕开始两句：

自在飞花轻似梦，
无边丝雨细如愁。

写楼外景象。多情爱惹闲愁的诗人面对落花自由自在，轻轻飘飘之际，情不自禁联想到如"春梦"一般的空灵与无痕，飞花惹祸，闲愁暗泛，在感情误置之下，诗人以景喻情，将内心的闲愁说成"无边丝雨"。以"无边丝雨"来形容"闲愁"，正好说明了诗人敏锐的观察力与丰富的想象力。"细"字是中性词，它担当两项任务，即形容"丝雨"，也描绘"愁"。原来，诗人的"愁"如"丝雨"，漫天漫地，无所不在，也像丝雨一般，无边无际地梭织着，他逃遁得了吗？

最后一句：

宝帘闲挂小银钩。

折回楼中，挂起帘栊。"闲"字凸显楼中人的心态，更呼应整阕词的脉络。从这一句可以看出，诗人有意将自己与外在景象——自在飞花，无边丝雨——隔绝，以消除"闲愁"，可是当他再次面对楼中的孤寂，不得人心的天候时，"闲愁"是否从此销声匿迹呢？聪明的，请告诉我们。

【附录】

鹊桥仙

纤云弄巧，飞星传恨，

银汉迢迢暗度。

金风玉露一相逢，

便胜却、人间无数。

柔情似水，佳期如梦，

忍顾鹊桥归路。

两情若是久长时，

又岂在、朝朝暮暮？

【语译】

天上纤细的云彩展示了巧妙的图样（好像在表现织女的手艺），而牵牛星与织女星流露终年不能会面的憾恨，在黑夜里，他们将渡过辽阔的天河相会。虽然只能在一年一度的七夕相会，却胜过人间情侣无数次的相聚。

他俩投进爱的天地，分享似水般的柔情。可是时光无情，好梦易醒，离别就在眼前。望着辽阔的天河，怎么忍心从鹊桥上回去。对了，只要感情真挚，永远不移，又何必在乎朝暮的厮守呢？

满庭芳

山抹微云，天粘衰草，

画角声断谯门。

暂停征棹，聊共引离尊。

多少蓬莱旧事，

空回首、烟霭纷纷。

斜阳外，寒鸦数点，流水绕孤村。

销魂，当此际，香囊暗解，罗带轻分。

漫赢得青楼、薄幸名存。

此去何时见也？

襟袖上、空染啼痕。

伤情处，高城望断，灯火已黄昏。

【语译】

山头抹上一层淡淡的云彩，一大片的衰草仿佛粘住了天空。呜咽的画角声逐渐从鼓楼上静息下来。暂时把即将远航的船儿停住，姑且来痛饮一番离别酒。醉意中想起作客蓬莱阁的种种旧事，回首之余，空惹得如烟似雾的伤感。不知何时，残阳已经西沉，点点寒鸦飞舞着，一道蜿蜒的流水围绕着一座孤村默默地流向远方。

当她把身上的香囊暗中解开，腰间的罗带轻轻卸下，真有无可言喻的销魂滋味。这一番感情的恩怨，徒然为自己在青楼中赢得一个薄幸的声名罢了。如今这一别，什么时候才能再见呢？只使伊人的襟袖上徒然染遍了斑斑的泪痕。我站在高高的城楼上，极目远望，内心伤情滚涌，而暮色深沉中，许多人家已经点上朵朵灯火了。

贺　铸

（1052—1125）

　　身长八尺，头发稀少，面色青黑，相貌奇丑，但眉宇间耸拔有英气，当时人称"贺鬼头"的贺铸，在北宋词坛上虽不是一颗耀眼的明星，然而却也忽略不得。

　　贺铸，字方回，原籍山阴（今浙江绍兴市），长于卫州（今河南汲县），生于宋仁宗皇祐四年（1052），卒于宋徽宗宣和七年（1125）。早年曾担任武职，后转文官，做过泗州、太平州的通判。他娶贵族女为妻，原可显达，却由于尚气使酒而屡屡失意，五十八岁退休，往来苏、常间，自号庆湖遗老。

　　年轻时好论天下事，月旦人物毫不避忌，满心建功报国的贺铸，到了晚年退隐，竟也敛尽了当年的英锐豪气。这种人生历程的转变可以从他的词作明显窥见，《六州歌头》所云的："少年侠气，交结五都雄。肝胆洞，毛发耸。立谈中，死生同，一诺千金重。"到末了难免是"恨登山临水，手寄七弦桐，目送归鸿"的萧索。贺铸的遗憾是与他的理想长久对峙的，事实上，知识分子一方面醉心闲适，一方面恋眷国事的矛盾，在我们古典的传统里是极多的。

除了写感时伤情的闲愁外，贺铸有一些作品是超越了个人的感兴而具有比较广泛的社会意识的，像怀古的《台城游》，言志的《六州歌头》，还有在唐诗中常见但在宋词中却是珍品的思妇词《捣练子》、弃妇词《生查子》。他的词工丽协律，喜欢化唐人诗句入词，讲求炼字，风格上比较接近周邦彦。

王国维《人间词话》认为"北宋名家以方回为最次"，恐怕有待商榷吧！

【作品】

青玉案

凌波不过横塘路，

但目送、芳尘去。

锦瑟年华谁与度？

月台花榭，琐窗朱户，

惟有春知处。

飞云冉冉蘅皋暮，

彩笔新题断肠句。

试问闲愁都几许？

一川烟草，满城风絮，

梅子黄时雨。

那位有着凌波美姿的女郎，从来没有经过我所住的横塘路。所以她每次出现时，我只能目送伴随着她的香尘滚滚而去。究竟有谁愿意与我共度年轻的韶华呢？她会在哪里？——月下的楼台、花气袭人的庭院、雕花的窗前或是朱红大户的人家里？想来只有春天才知道答案吧！

飞云在昏黄的天空里舒卷流动，从栽有香草的水泽边传来一阵阵的香气。我忍不住提起彩笔，题下一些令人哀伤的句子。唉，请问闲愁究竟有多少呢？大概就像那沿着河川蔓延无尽的烟草、满城飘飞的柳絮以及梅子熟黄时所下的绵绵细雨吧。

【赏析】

这阕词是作者寓居苏州时候所写，龚明之《中吴纪闻》曾说："铸有小筑在姑苏盘门之南十余里，地名横塘，方回往来于其间，尝作《青玉案》云，"主题除了"梅雨时幽居生活的惆怅"之外，也可能"抒发内心对理想（美的形象）追寻，可望不可即的悲哀"。这种心理，与《诗经·秦风·蒹葭》：

蒹葭苍苍，白露为霜。

所谓伊人，在水一方。

溯洄从之，道阻且长。

溯游从之，宛在水中央。

大致相同，都在指示美的不易捕捉。诚然，"美"是和谐的，是心灵的认定，而美感经验是形相的直觉，刻意追求，美感可能消失，所谓"提灯寻影，灯到影灭"。"美"，就是这么令人无可如何，却又是多么迷人。贺方回在这里表现的，是在美感距离（若即若离）下，对"凌波美人"所流露的一份"痴情"。

上阕开始两句：

凌波不过横塘路，
但目送、芳尘去。

描述词人心目中的"美人"，以及不即不离的美感态度，到底他是位纯情高雅的词人，他的观点是"思无邪"，因此，就这么两句，便和盘托出词人的特殊形象。这两句可能受到曹植《洛神赋》"凌波微步，罗袜生尘"的影响，但是方回能推陈出新，加入主观的投入、有声有色的审美观，所以能予人耳目一新。

"凌波"，形容女人轻盈的步履，"凌波不过"，即美人不来，总在距离之外。"芳尘"，这里指凌波美人，但词人不明说，特别利用伴随着的香尘以喻美人，韵味更加无穷。原来，她是丽质天生的美人，也就难怪那么不容易追求得到。

接着：

锦瑟年华谁与度？

是目送凌波美人后，心里突然泛起的孤寂感，"锦瑟年华"，也就是青春年华。这里，值得推敲的是，这疑问句是表示对伊人别后生活的关怀，还是针对伊人走后，自我安顿的一份彷徨呢？我们觉得从词的情节来说，后者的可能性较大，由于自己孤寂难耐，油然反省自己的年华虚度。这种心理在凌波美人走后才显现出来，因此，词人喃喃自语问着。

后面三句：

月台花榭，琐窗朱户，
惟有春知处。

环绕在凌波美人的身上，思索别后的生活情况，可见词人欲罢不能的思念与说不出的苦衷。"她"会在哪里？是"月台花榭"？或是"琐窗朱户"？这问题太迷离，对了，大概只有"春"知处。是"春天"将她带来，又匆匆地将她带去，留下惊鸿一瞥在词人的心里激荡着。把"凌波"美人跟"春天"结合在一起，不仅意味着"美好"，也暗示"短暂"，使整个问题成为既伤春又怀人，读来让人感到作者有轻轻的惋叹，淡淡的哀愁。

下阕开始两句：

飞云冉冉蘅皋暮，
彩笔新题断肠句。

由词人自身写起，描述人去楼空的怅恨。"冉冉"，是流动的样子，"飞云冉冉"与"暮"配合，既指时辰，也表示时间的流逝。"蘅皋"，是长着香草的水边，正好贴切美人"凌波"而去的场景，在薄暮时分空阔的水边，很容易使人触景伤情，尤其是"伊人"走后，更教他柔肠寸断。言为心声，文是心画，作者在百无聊赖之际，只有以"彩笔"（对美人的思念需要以彩笔来表达）来写他"断肠"（对美人的痴情）的心声了。彩笔，本来应写多彩多姿的人生，可是词人只拿它来写"断肠句"，可见他心中所有的是什么，所想的又是什么了。然而，这不也正是反衬词人的真情吗？

接着：

试问闲愁都几许？
一川烟草，满城风絮，
梅子黄时雨。

四句是自问自答，前一句为问话，后三句为回答。"试问闲愁都几许？"是缘于作者在上述的苦闷无告之下所拟订的宽解语，"试问"二字，与李后主《虞美人》的"问君能有几多愁"意义相近，虚设发问对象或问题，说明了词人本身恍惚迷离的心态。

"闲愁"一语凸显了这阕词的主题意识，"多情爱惹闲愁"，原来词人一路写来的悲愁苦闷与孤寂感，都是"多情"惹来的。

不过这一"闲愁"到底有多少呢？作者没法明确说出，只有透过譬喻来告诉我们，他的愁是那么的"多"。

历来诗人写愁的时候，经常不直说，他们往往利用譬喻来陈述，个中滋味就必须由读者去体会玩味了。像李白就说：

一水牵愁万里长。（《横江词》）
白发三千丈，缘愁似个长。（《秋浦歌》十七首之十五）
与尔同销万古愁。（《将进酒》）

这些诗句具体而微地指出诗人"抽刀断水水更流"的悲愁。至于李后主的"恰似一江春水向东流"（《虞美人》），秦少游的"无边丝雨细如愁"（《浣溪沙》）与"飞红万点愁如海"（《千秋岁》）譬喻得极为曲折美妙，但比起方回"一川烟草，满城风絮，梅子黄时雨"这三句，恐怕后者较为新奇，意味也更为深长。沈际飞《评草堂诗余》云：

叠写三句闲愁，真绝唱！

算是点到了，不过，我们愿在这里作进一步的分析。坦白说来，方回这三句所写的并不怎么新鲜，都是古典诗词经常出现的意象，然而，他综合了旧材料，推陈出新，创造一种崭新的秩序，这是他过人之处。这三句回答了上面的问话，由近而远，由小而大，由少而多，层层转进，愈转愈奇，把"闲愁"形容得那么传神美妙，好像是说你不提则已，要问的话，就让你剪不断理还乱，迸涌到心头似的。

最后我们愿指出，这三句"闲愁"的譬喻，借着空间的拓展，递增了"闲愁"的广度与密度。正说明了词人在回答"闲愁"有多少时，是在迷离恍惚的心境下，因此，他越想越多，甚至一发不可收，只好以"无边无际""漫天弥地"的"梅雨"来作结。面对方回的这样的"闲愁"，也真令人"黯然神伤"了。词人把"言外之意"留给读者，由读者去想象去咀嚼，更加可见艺术造诣的高超了。

【附录】

天香

烟络横林，山沉远照，
逦迤黄昏钟鼓。
烛映帘栊，蛩催机杼，
共苦清秋风露。
不眠思妇，齐应和、几声砧杵。
惊动天涯倦宦，骎骎岁华行暮。

当年酒狂自负，
谓东君、以春相付。

流泪征骖北道，客樯南浦。

幽恨无人晤语。

赖明月、曾知旧游处。

好伴云来，还将梦去。

【语译】

烟雾笼罩横亘的树林，彩霞向西边山间沉落，黄昏时的钟鼓声此起彼落。烛光从帘幕透露出来，秋虫唧唧，好像催人赶快缝制寒衣，大家都担心深秋的萧瑟。深闺里的妇人，心想出征的郎君，睡也睡不着，半夜不断传来捣衣的声音，好生凄凉呀。这情景教我这个浪迹天涯的游宦，感到惊心，时光飞逝，一年容易，眼看将要步入晚年了。

回想当年是那么地自负，纵酒狂饮，曾要求春神把春天给我。后来，骑着马，上了征途，浪迹北方，再赶水程，坐船到南方。南北奔驰的辛酸，能向哪个人诉说呢？幸亏明月这位知己还晓得我过去的游踪，特别陪伴彩云到来，而且还将我的美梦送走。

周邦彦

（1056—1121）

周邦彦，字美成，自号清真居士，钱塘（今浙江杭州）人，生于宋仁宗嘉祐元年（1056）。疏隽少检，不为乡里所重，然而，他却博涉百家经籍。神宗元丰初，美成二十多岁，北游京师，就读太学，献《汴都赋》万余言，得到皇帝的赏识，擢为太学正。他的仕宦历经神宗、哲宗、徽宗三朝，担任过溧水县令、国子主簿、秘书省正字，并知河中府、隆德府与明州，都不是显要的职位，而词誉极高。

宋徽宗时颁布"大晟乐"，召"负一代词名"的美成提举大晟府。他精通音律，能自度新声，曾自名其斋为"顾曲"。因此，在审音订律、厘订旧调、增制新声方面，相当有贡献。《四库全书总目·方千里和清真词提要》云：

邦彦妙解声律，为词家之冠。所制诸调，不独音之平仄宜遵，即仄字中上去入三音，亦不容相混。所谓分寸节度，深契微芒。故千里和词，字字奉为标准。

美成后来出知顺昌府，徙处州、睦州，刚好碰上方腊造反，便设法还乡。宣和三年（1121），终于提举南京鸿庆宫（今河南商丘市），享年六十六岁。他的词集名《清真集》，又称《片玉词》。

美成是集北宋词大成的作家，在他之前，有柳、苏双雄，但柳永词风词语尘下、卑弱俚俗，不登大雅之堂；东坡一洗绮罗芗泽，表现横放杰出的雄姿，可是矫枉过正，不协音律。美成调和柳苏，去其缺点，取其精华，戛戛独造，遂为后世典型。陈廷焯《白雨斋词话》说：

词至美成，乃有大宗；前收苏、秦之终，后开姜、史之始。自有词人以来，不得不推为巨擘。后之为词者，亦难出其范围。

美成的《片玉词》无论形式或内容，的确融和无间，表现了高超的词艺，他写景，曲尽其妙；抒情，细腻深至，难怪当时"贵人学士，市侩妓女"都为之风靡。例如：

正单衣试酒，怅客里、光阴虚掷。
愿春暂留，春归如过翼，一去无迹。
为问家何在，夜来风雨，葬楚宫倾国。
钗钿堕处遗香泽，
乱点桃蹊，轻翻柳陌。
多情为谁追惜，

但蜂媒蝶使，时叩窗槅。

东园岑寂，渐蒙笼暗碧。

静绕珍丛底，成叹息。

长条故惹行客，似牵衣待话，别情无极。

残英小、强簪巾帻。

终不似、一朵钗头颤袅，向人敧侧。

漂流处、莫趁潮汐。

恐断红、尚有相思字，何由见得。（《六丑》）

怨怀无托，

嗟情人断绝，信音辽邈。

信妙手、能解连环，似风散雨收，雾轻云薄。

燕子楼空，暗尘锁、一床弦索。

想移根换叶，尽是旧时，手种红药。

汀洲渐生杜若，

料舟移岸曲，人在天角。

谩记得、当日音书，把闲语闲言，待总烧却。

水驿春回，望寄我、江南梅萼。

拼今生，对花对酒，为伊泪落。（《解连环》）

从这两阕词可以看出，美成的词，音律工整，词句典丽（善融化诗句），又善于铺叙，并且多咏艳情景物。在这里，我们特别要指出的，是他写男女之情，虽昵狎温柔，却相当含蓄。他"抚写物态"，能曲尽其妙。《片玉词》的艺术造诣于此可见一斑。

【作品】

玉楼春

桃溪不作从容住，

秋藕绝来无续处。

当时相候赤栏桥，

今日独寻黄叶路。

烟中列岫（xiù）青无数，

雁背夕阳红欲暮。

人如风后入江云，

情似雨余黏地絮。

【语译】

暮春时节桃花点点飘向溪流，那行色匆匆的水啊，毫不留情地往前奔去。秋藕断绝后，再也无法连续了。想起以前的偶伴，我和她曾经密约在赤栏桥，两人相候，又温馨又甜蜜。今天却只剩下我在落满黄叶的路上，独寻往日的行迹。

烟雾中矗列着无数翠绿的山峦，暮色苍茫里，一只大雁背负着残红的落日飞过我的眼前。心中恋念不已的伊人，已经像是风后入江的云朵，流散他方再也不能相聚了，可是我的痴情则似那风雨过后黏泥的柳絮，仍是那般执着啊！

【赏析】

周美成是北宋词集大成的作家，他精通音律，能自度曲，又善于融化古人诗句，推陈出新，因此，他的艺术造诣极高，有宋词巨擘的美誉。他的词篇内容，主要是写男女之情，但不堕入猥亵低俗，所以能够获得好评。他最擅长写景和咏物，经过曲折的结构，化矛盾为统一，使词篇成为既完整又活泼，这首《玉楼春》就是最具典型的例证。

一般说来，《玉楼春》是写情的词篇，可是，由于作者利用对比、譬喻等技巧，造成本词丰富深邃的主题。上阕开始两句：

桃溪不作从容住，

秋藕绝来无续处。

以作者的观点来透视外在的景物。上句隐含"春光"的流逝，与李后主"流水落花春去也"（《浪淘沙》）的情境大致相同。不过，美成似乎较讲究艺术的经营，同样写"落花"，后主给人的印象是一般性的意义，而美成却是具体性的，他明指"桃花"，色泽也极为鲜艳。这句在表面上看是写景，其实经由"桃花溪水

两匆匆"的客观现象，触引作者内心的"伤春"情绪，一份无奈
尽在言外，当然，若从《幽明录》的刘晨、阮肇上天台山的故事
来看，则"桃溪"自有"怜惜缘浅"的意思，难怪周济会说"态
浓意远"（《宋四家词选》）了。

下句"秋藕"与上句"桃溪"约略相对，并明示秋天，以秋
对春，也意味着"时间"的流转。有句俗语"藕断丝连"，经常
被用来作为爱情执着的象征。在这里，作者却一反常情地说藕断
而丝不连，显然地，一定有他诠释的经验背景才对。接着：

当时相候赤栏桥，
今日独寻黄叶路。

两句，从前两句衍生而来。"赤栏桥"承"桃溪"，"独寻"
应"秋藕绝来无续处"。在此，我们可以进一步了解，为什么"桃
溪不作从容住"，原来是"相候赤栏桥"，快乐时光易消逝呀！而
为什么"秋藕绝来无续处"，原来是"独寻黄叶路"呀！由于"相
候"的欣喜，使他珍惜光阴，也令他慨叹春光的匆匆。更由于
"独寻"的凄恻，使他认定"秋藕绝来无续处"。一生一代一双人，
却落得两地销魂，而关山阻隔，音信杳然，今天只剩下作者一人
踏着黄叶的路，独寻往日的行迹。的确，秋藕断绝之后，是再也
无法连续了。谁能让时光倒退，谁又能让美梦重现呢？
在这里我们特别要指出的是，作者利用色泽的对比来暗藏时

间与情境的今昔变化，因此词义的密度极为浓厚。"桃溪""赤栏桥"（春天），色泽鲜艳，又是红色，使当时"相候"的往事既鲜明又欢愉。"秋藕""黄叶路"（秋天），色泽凄清，达成多重的对比，从而形成繁富的嘲弄意味。

下阕开始两句：

烟中列岫青无数，
雁背夕阳红欲暮。

是流水句法，都在写景，色泽的应用与空间的布置构成如画的远景，相当巧妙。不过这片远景是否只是自然的陈列呢？我看未必。"烟中列岫青无数"所呈现的美感，的确引人入胜。但它也同时呈示辽阔的空间，"关山难越"的隔绝感恐怕会从中泛起。其次，"雁背夕阳红欲暮"，镜头极为凄凉。"夕阳红欲暮"说明一天的将尽，绚烂的夕阳说时迟那时快地消逝。然而，妙的是，它是透过"雁背"道出的，如触电一般震慑作者。"雁"，在作者的了解里，该是传递信息的使者，"雁背"，很清楚地指出，它不是带信息来的使者，而是背着作者飞入天一方去的过客。可是，在临走的时候，却在它的"背"上透露"黄昏"这信息，很像跟作者过意不去似的，留下了无限的凄凉。

最后：

人如风后入江云，

情似雨余黏地絮。

两句，应用两个明喻，曲尽其妙地传达对方的行踪与自己的感受。陈廷焯《白雨斋词话》云：

美成词似拙实工者，如《玉楼春》结句云："人如风后入江云，情似雨余黏地絮。"上言人不能留，下言情不能已，另作两譬，别饶姿态。（卷一）

可谓真知灼见。从这两个譬喻可以看出美成的艺术造诣是何等的高深。"风后入江云"譬喻别后的行踪，不仅贴切，而且更能道出行踪的游移不定性，与上阕的"今日独寻黄叶路"遥相呼应。"雨余黏地絮"譬喻感情的执着，也极为传神，这"执着"直贯全词，使主题意识更为曲折、复杂，并逼出了作者的痴情。本来，"情"是极其抽象的，但作者巧妙地以"雨余黏地絮"来譬喻，使之具体化、可感性，特别是这"情"是"痴情"，是"豁出去"的，正如风雨过后黏泥的柳絮，既去不掉也脱不了，稍微触动，便越陷越深。

从上面的分析可以知道，美成是最了解情感的词人，在他艺术手法的点化下，这份"情"读来真是特别有味道。仔细咀嚼，当可体会到其中三昧。

【作品】

兰陵王

柳阴直，

烟里丝丝弄碧。

隋堤上，曾见几番，

拂水飘绵送行色。

登临望故国，谁识京华倦客？

长亭路，年去岁来，

应折柔条过千尺。

闲寻旧踪迹，

又酒趁哀弦，灯照离席。

梨花榆火催寒食，

愁一箭风快，半篙波暖，

回头迢递便数驿，望人在天北。

凄恻，

恨堆积。

渐别浦萦回，津堠（hòu）岑寂，

斜阳冉冉春无极。

念月榭携手，露桥闻笛。

沉思前事，似梦里，泪暗滴。

【语译】

*丝丝*低垂的柳条，笼成一片阴绿的烟波。我在杨柳夹岸的隋堤边，曾见过几回拂动的水流和轻飘的绵絮，送着依依离去的行人。悄悄登上高楼，遥望故乡，谁晓得这儿有位厌倦京城繁华的旅客呢？想那旧年去新岁来的长亭路上，为着赠别而折的柳枝恐怕早已超过千尺长了吧？

闲空时，忍不住去寻觅旧日难忘的行迹。现在又要为别的朋友饯行，尽管耳酣神迷，终究还是要在彩灯高照下黯然离席。白灿的梨花和榆柳的火种，硬是把寒食节给催了来。风儿快得像箭一般，送着船边暖和的流波，怎不叫人愁肠百结？才一回头已经行过几个渡头，我苦苦思念的人儿啊，现在是相隔在遥远的北方了。

一阵阵悲伤袭上心头，点点滴滴的憾恨不断堆积着，我在离别的水畔独自徘徊，不知过了多久，附近候船的土堡已落入一片沉寂里。天际的斜阳渐渐凋残了，眼前的春色似乎仍旧无穷无尽。曾几何时，在同样的春色里，我和她在温柔的月光下携手漫步，一起立在满是风露的桥边静聆笛音。想着想着，所有的前尘往事，竟像是恍惚迷离的梦境，如真似幻。不知不觉中，泪水又沿着两颊悄悄滑落下来……

【赏析】

这阕题目为"柳"的《兰陵王》，从北宋以来，家喻户晓，一直脍炙人口，是周美成代表作之一。据说在南宋绍兴年间颇流行，尤其是送别时候，大家都会哼唱它。由于这支曲子共有三次换头，所以，有人称它为《渭城三叠》。（见毛开《樵隐笔录》）

表面上看这阕词以"柳"为题目，但并不是真正的咏物词，只是借柳说起而已。因为古人有折柳送别的习惯，（例如李商隐《离亭赋得折杨柳》："含烟惹雾每依依，万绪千条拂落晖。为报行人休尽折，半留相送半迎归。"）而转注为送别之作。三叠之中表达了惜别的情绪与久居京华的厌倦心理。

第一叠借柳说起，托物兴辞，因外在的事物触发了内在的情愫。开始两句：

柳阴直，
烟里丝丝弄碧。

点题并写柳姿，作者述说阴暗迷离的柳姿，除了点明气候，也为送别设计某种程度的场景与情调。柳阴缀成直线（当然是因为堤上柳树行列整齐的关系），这是送别必经的一条路，与别时的黯然销魂结合在一起，气氛制造得极为自然巧妙。其次，"烟里丝丝弄碧"，固不仅写景，更暗藏"依依"的情愫，为送别平添许多情调。接着：

隋堤上，曾见几番，

拂水飘绵送行色。

三句，写触景伤情，因这次的送别而联想过去多次的送别经验。特别是在这直直柳阴的隋堤上，在柳丝依依、柳絮飞舞（这景象使送别气氛更为惨烈）的季节里，但这些不止一次的经验本来已潜入下意识，都因为这一次悲惨情绪的触惹而活现于作者的心灵。据此可知，作者内心迸涌的是生别离的悲痛，也是黯然销魂的神伤。再接着：

登临望故国，谁识京华倦客？

两句，由送别写到自己，由离愁引发乡愁。"登临望故国"，写作者内心那份"人情同于怀土兮，岂穷达而易心"（王粲《登楼赋》）的根源意识的蠢动。登高可以远望，远望可以当归，可见作者这时的心情是相当苦闷的。客中送客，离愁乡愁交进，有谁能够承受得了呢？所以，他要登临隋堤望故乡，希望因此得到慰藉。"谁识京华倦客"，是句充满矛盾、挣扎的自白。表面上看，它是作者久客汴都的自谓。再往深一层去探讨的话，可以发现作者的复杂心理。"京华""倦客"，基本上是矛盾的，"京华"这一地理意象具有积极性，是士子追逐名利、实现理想的地方，来者必拼命，全力以赴。然而"倦客"是消极的，他的人生观与"京华"不仅抵触，而且大异其趣。作者结合如此矛盾的特质作为一己内心的独白，显然地，是经历种种挫折、困厄，又不得自已等因素所造成的。"谁识"一词，问人也自问，充满自我调侃的味道，最能显映上述心理。最后：

长亭路，年去岁来，
应折柔条过千尺。

三句，衬托作者久客京华，以及"几番"送行的经验。"长亭路"是送别的地点，"年去岁来"写他淹留京华的时间，"应折柔条过千尺"点出他经常客中送客依依不舍的情况。"应"字是猜度之词，但也反衬作者无意记省的心理。这位"京华倦客"因外在柳（折柳）、送行，而触发内在的离愁乡愁，落落写来，有感慨，有辛酸，真耐人吟哦再三。

第二叠叙述客中饯别与愁情。开始三句：

闲寻旧踪迹，
又酒趁哀弦，灯照离席。

叙述作者闲来刚刚寻访过那些曾与（离去）朋友共同游赏的地方，现在又要为别的朋友饯行。这里反映作者的多情与对离别的重视。"又"字直述当下的灯前饯别（气氛凄惨），却也反衬出过去的饯别事件，如此一而再的饯别形成浪潮般的旧愁新怨，在胸怀澎湃。接着：

> 梨花榆火催寒食。

一句，点出灯下饯别的时刻，正是梨花盛开，快到寒食节的时候。"寒食节"恐怕也蕴含"每逢佳节倍思亲"的意思在。"催"字引起光阴的急迫感，尤其是对京华倦客来说，更能反映其内心的怅惘与无奈。最后：

> 愁一箭风快，半篙波暖，
> 回头迢递便数驿，望人在天北。

四句，是"代行者设想"（周济《宋四家词选》）。"愁"，是预设的愁绪，想象别时光景。他设想，远行的人愁着顺风，船速如箭（"一箭风快"，不仅形容船速，也暗示"离愁"因空间的增拓而急速的增加），回头一看，就过了几个驿站，而送行的朋友（作者）却远在天北。此种关怀，是设身处地的结果，正是说明了远行人对送行人的一份相知。其实，"望人在天北"，也可说是自身处境的觉识，那么，上面的情况有可能是送行人的意识流动的结果，他在天北，设想往南方天际消逝的朋友，"换我心，为你心，始知相忆深。"（顾复《诉衷情》）这份情感应由他们之间存有的共识去了解。

第三叠写送行人的别后情绪。开始两句：

凄恻，
恨堆积。

叙述送行人的离愁，作者应用急促的声韵来传递高涨的愁绪，极其贴切。同时"恨"的层次化（堆积），正说明了他客中几番送客的旧愁新怨。接着：

渐别浦萦回，津堠岑寂。

两句，是描述眼前的景象，而景中有一份哀伤的情绪潜伏着。上句写船走了，留下岸边水波渐渐形成旋涡，反衬送行人的依依不舍与无奈；下句写候船土堡的寂寞，反衬送行人的孤单。这些正是他"凄恻""恨堆积"的来源。离别之所以教人黯然神伤，于此可见。接着：

斜阳冉冉春无极。

一句，包含两层意思，既点出送别后的时间，也指出春色无边。显然地，它本身已存着"好景不常"的矛盾。对"黯然神伤"的送行人来说，更是意兴阑珊（他哪有心情去欣赏）。何况，"夕阳"慢慢移动，春光稍纵即逝，真是太捉弄人（他的苦闷已饱满，这美景应是虚设了）。梁启超先生说得好：

"斜阳"七字，绮丽中带悲壮，全首精神振起。（《艺蘅馆词选》）

然而所谓"悲壮"，应该从上述的矛盾与无奈去了解。接着：

念月榭携手，露桥闻笛。

两句，是回想过去的夜游。"念"字点出作者在穷极无聊的心情下，所作的转移，借此来消除内心的苦闷，可是，他哪里知道，过去"月榭携手，露桥闻笛"的惬意，却反而与现在的孤单凄凉形成强烈的情境对比，因此，他不但不能脱离愁城，反而越陷越深了。最后二句：

沉思前事，似梦里，泪暗滴。

正是上述矛盾心理的出路。往事如云烟，似梦幻，再惬意的约会、再美好的生活，都一一地流走了，如今，只有独自承受凄凉。在越陷越深、越苦越不能自拔的情况下，饱满的苦闷溃决了，于是任泪水奔迸也不去理会了。

在这里，泪，是饱和苦闷的化身，也是荡涤苦闷的使者。读完《渭城三叠》，我们发现它步步为营，层层转入，使人情绪为之黯然，为之苦闷。然而到了"泪暗滴"，在与作者同感伤共悲苦的时候，我们也深深感觉到，心情开朗了不少，也许，这是悲剧所带来的"净化作用"吧。

【附录】

西河

佳丽地，
南朝盛事谁记？
山围故国绕清江，
髻鬟对起。
怒涛寂寞打孤城，
风樯遥度天际。

断崖树，犹倒倚，
莫愁艇子曾系。
空余旧迹，
郁苍苍，雾沉半垒。
夜深月过女墙来，
伤心东望淮水。

酒旗戏鼓甚处市，

想依稀、王谢邻里。

燕子不知何世，

入寻常、巷陌人家，

相对如说兴亡，斜阳里。

【语译】

金陵自来是江南最繁闹的地方，可是南朝宋、齐、梁、陈的历史有谁能记得呢？金陵地势险要，四周山势起伏，又有长江环绕着，对峙的青山，像女人的髻鬟一般的耸起。发怒般的江涛兀自冲激荒凉的金陵城，帆船远远地驶向天边。

断崖上的树木仍然倒挂着，尽管曾经系过莫愁的艇子，现在只留下旧迹，在苍郁的迷雾中，剩下半边城的营垒，供人凭吊。夜深了，曾经映照南朝的明月，依然照着金陵城上小墙，向东遥望秦淮河，冷冷清清，更教人感慨万千了。

这到处充满酒楼戏馆的闹市，过去是什么地方呢？想来大概是王谢大家的第宅吧。昔时王谢堂前的燕子不知道人间是何世，如今飞向寻常人家，在斜阳里相对着鸣叫，好像是在论说南朝兴亡的故事呢。

满庭芳

夏日溧水无想山作

风老莺雏，雨肥梅子，

午阴嘉树清圆。

地卑山近，衣润费炉烟。

人静乌鸢自乐，

小桥外、新绿溅溅（jiān jiān）。

凭阑久，黄芦苦竹，拟泛九江船。

年年如社燕，

飘流瀚海，来寄修椽。

且莫思身外，长近尊前。

憔悴江南倦客，

不堪听、急管繁弦。

歌筵畔，先安簟枕，容我醉时眠。

【语译】

春风过后，幼嫩的莺儿都长大了，丰沛的及时雨使得梅子长得肥绿绿的。一棵大树，在午后的烈阳下撑开一地的清荫。这儿地势低下，周围又是一带云山。由于正逢黄梅天气，衣服总是潮润得非要拿到炉上去烤不可。人烟寂寂，天空里的乌鸢看来很自

196

得其乐的样子。小桥外边，野草一片新绿，常常可以听见"溅溅"的水流声。自个儿凭栏久了，望见长得到处都是的黄芦、苦竹，心里真想搭船往九江去。

我每年都像春来秋去的燕子，从遥远的大漠飘游而来，寄巢在人家的高檐上，心中有说不出的凄凉。噢，尽挂虑着身外的无穷琐事，做什么呢？不妨常常接近酒乡。对于一名形容憔悴、颜色枯槁的江南倦客来说，那激情澎湃的急管繁弦是怎么也不忍听下去的。还是趁早在酒筵歌席的旁边，先安置好枕席，容我醉入梦乡时好好安眠吧！

李清照

（1084—？　）

　　宋朝南渡前后的词坛上，突然爆起一颗光芒万丈的明星，其成就不只俯视巾帼，简直要压倒须眉。她，就是我们文学史上最出色的女词人李清照。

　　李清照，自号易安居士，济南（今山东济南市）人，生于宋神宗元丰七年（1084），卒年已无法考知。如果拿我们今天的话来讲，那么，她是集优生之大成。父亲李格非官拜礼部员外郎，写出来的杰作连东坡都称道。母亲是状元王拱辰的孙女，亦工词章。清照在十八岁时，与徽宗朝宰相赵挺之的儿子赵明诚结婚，由于两人志趣相投，婚后非常幸福美满。

　　将近二十多年的时光他们过着诗词唱和、共同研究古代金石字画的艺术生活。清照这段期间的词作，多属闺情，如《一剪梅》《醉花阴》《凤凰台上忆吹箫》，非常的妩媚轻倩，即使抒写离愁，也不作沉痛之语。等到靖康难起（1126 — 1127），两人仓皇南渡，明诚不久病亡，所珍藏的金石书画迭经流徙，也丢得差不多了。清照年届五十，孑然一身，只得赴金华投依弟弟李迒（háng）。国亡家破的痛苦、身世飘零的悲哀深深影响了她的思想，造成她后期词作风格的突变，像《武陵春》《临江仙》《如梦令》《声声慢》，充满苍凉无常之感，这种愁苦之词其实也广泛地反映出南渡人士辞别乡土、亡国破家的共同哀情，造成她在艺术上不朽的成就。

清照才气卓越，倾其生命与真性情于词的创作，她触感敏锐，重视音律，自出机杼，喜欢白描，善拈眼前事家常语入词，偶尔用典，却不泥古，而能风格别具，所以黄山谷说她："以故为新，以俗为雅。"她有李后主的情真，秦少游的婉约，周邦彦的功力，更有芬馨以外的神骏，试以《渔家傲》为例：

天接云涛连晓雾，
星河欲转千帆舞，
仿佛梦魂归帝所。
闻天语，
殷勤问我归何处？

我报路长嗟日暮，
学诗谩有惊人句，
九万里风鹏正举。
风休住，
蓬舟吹取三山去。

读了这阕词，我们或许能明白为什么比她稍后的大词人辛稼轩会公开注明"效易安体"的缘由了。

【作品】

一剪梅

红藕香残玉簟秋，

轻解罗裳，独上兰舟。

云中谁寄锦书来？

雁字回时，月满西楼。

花自飘零水自流，

一种相思，两处闲愁。

此情无计可消除，

才下眉头，却上心头。

【语译】

秋天一来，就觉得竹席子有些凉意了；红色的藕花也已凋残了它的香姿。轻轻解开罗裳，独自登上兰舟。飘游的云儿啊，可曾捎来那人的信息？但愿传书的雁儿回来时，正是西楼满月的时分。

落花流水即使有缘凑泊，终了还是各自飘零，各自奔流。同一种别后的相思，却成了两地分担的闲愁。这份情怀想是没法子消除了，我方觉得眉间稍展，冷不防它又袭上心头了。

【赏析】

伊世珍《琅嬛记》说："易安结褵未久，明诚即负笈远游。易安殊不忍别，觅锦帕书《一剪梅》词以送之。"但明诚与清照新婚后，仍一起住在京都，为太学生，并未负笈远游，故《琅嬛记》所载略有错误。依照《金石录·后序》，明诚婚后二年，即"出仕官"，也就是因父荫而为鸿胪少卿。可知这阕词是明诚出外为官，清照满心别绪而作。

"红藕香残玉簟秋"既写景致，又表时序。当然复有多关语意，"藕"和"偶"谐音，"红藕香残"隐喻两情原本浓密炽热，却因离别而暂告"香残"，"藕"即使断了，丝还是连的。"玉簟秋"呢，不仅由于外在的清秋教人兴起凉意，实在也写最亲近的枕边人走后深闺的冷寂。这种铭心刻骨的相思一向是无所不在的，尤其是触目所及两情曾经缱绻的地方。那么，还是乘一叶兰舟，聊遣情怀吧！情之为物，本令人无所遁逃于大地之间，是以独自泛舟时，仍不免痴望云中的雁列能捎来那人的书信。这样沉溺在绵想里，不知过了多久，直到雁儿行踪邈杳，方才惊觉西楼早已月满——而月亮啊，总是长向别时圆的。

"花自飘零"喻自己因相思而容光憔悴；"水自流"则臆想对方的薄情。恋爱中的人儿最会折腾自己了，一点小别都要觉得是世界末日，几天、几周没有音信，很容易就患得患失、疑真疑假、既忧且惧，以为对方不把自己当一回事，可是，偏偏自己又这么不争气地痴念他，愈想愈闷，愈闷愈放不下。再细细重温相聚的那段时光，他是那么深情挚意，口口声声说会尽早碰面的——唉，刚才实在不能怀疑他，他也是不得已啊。转念这么一想，又觉得两人所承担的相思其实是同等同量的。

如此这般翻来覆去地作茧自缚，肯定又否定，否定再肯定。最后的结论是："此情无计可消除，才下眉头，却上心头。"这样的感受凡是恋爱过的人都普遍尝受到，但不一定每个人都说得出来，清照这样白描、细腻的倾诉，就是搔着了我们心窝的痒处。范仲淹的《御街行》云："都来此事，眉尖心上，无计相回避。"同样写相思，同样求"宛细"之致，但范仲淹的细是男人难得的细，比起李清照的细、的柔，哪个活脱，你说？

【作品】

武陵春

风住尘香花已尽，
日晚倦梳头。
物是人非事事休，
欲语泪先流。

闻说双溪春尚好，
也拟泛轻舟。
只恐双溪舴艋舟，
载不动、许多愁。

风儿停了，尘土里泛着落花的香气，又是春意阑珊了。太阳早已升高，我还是没有心情去梳头妆扮。景物依旧，人事却是改变得教人不可思议，心中的悲愁尚未诉说就先伤心落泪了。

据说双溪春光还明媚，情不自禁地也想前往划船游赏。可是，我担心双溪上像舴艋般的小舟，载不动我一身的忧愁呢。唉，只好算了，免得触景伤情，愁上加愁。

【赏析】

曾经沧海难为水。清照四十六岁那年，情投意合的丈夫染病去世，为她留下无比的孤单和凄凉。在金兵南侵的战乱中，她仓皇奔走于台州、温州、越州、杭州之间。五十岁时她卜居金华，投依弟弟李远。这时的她已饱受人间浩劫的磨炼，许多融缠在一起的情愁，更因着晚景的来临而更加啃噬她，《武陵春》即是在这种情境下创构成的名作。

从头到尾，景致的描写都和她内在的触感一起暖暖汇流。"风住尘香花已尽"，曾几何时，春色已从狼藉归于黯淡，徒留一地惹人愁惘的尘香——一切美好的都已化入泥尘，人生的亮美暖馨竟已遥远得难以触及。迟暮的时光，也只能以回忆来打发了。生活之所以有蓬勃的姿彩，是由于内在丰沛的生命力使然，即便是整妆梳发，最微不足道的生活细节亦是。"日晚倦梳头"，你可以想象一个人阑珊萧索到什么程度！活得虎虎生风的人是一日之计在于晨的，任由它去日晚，当时间完全失去使人惊醒、奋发、新锐的意义时，梳头与否又有什么差别？就让这座生命的沙漏，滴、滴、滴，滴到它的尾声吧。

"人面不知何处去，桃花依旧笑东风"，景物容或没有巨大的变迁，可是，人事却早已全非，一切的一切在时间与命运的主掌下，由得人争辩什么呢！万事皆休，难休的唯此心此情，忍不住想倾诉，可是怎么倾诉、又向谁去诉说呢？那能够倾诉的人儿早已化入尘土、离我而去——倒是汨汨的泪水又悄悄滑落了。

下阕一开始就把上阕的意境逆转过来，仿佛意欲重燃生命的火苗："闻说双溪春尚好，也拟泛轻舟"，有那么一点意味，要借助眼前的春天来重温自己生命中的暖春，追索昔日甜美的遗梦故影，以减轻无以复加的哀愁。这个念头令我们读了，心中不免微微一震——然而，只是轻轻地一摇而已。"闻说""也拟"都只是消极性的一种打算，一种犹疑想象。她在其间起伏、思量，一下子想挣出愁闷的牢笼，掬一把欢乐来熨平自己的苍老哀伤；一下子又怯懦地瞻前顾后，也许寻春泛舟再也寻不回内心的春天了，徒然证实自己是彻底属于雪冬中的困物吧？生命里的春天只有一次，那一次早已随着"他"消失无踪了……

她终于为自己的颓丧、软弱找到一个理由，以一个更巨大的愁网，来作为自己永远投宿的所在。"只恐双溪舴艋舟，载不动、许多愁"，道出了她再也没有面临活生生的现实界的勇气，她像一只春蚕，吐丝、作茧，丝尽乃已。

除却巫山不是云。女人的生命本质，透过李清照深沉、细腻的刻描，呈现出来的是如丝牵藤缠的情态，哪一个为情所溺的人没有共鸣呢？

【作品】

如梦令

昨夜雨疏风骤，

浓睡不消残酒。

试问卷帘人，

却道海棠依旧。

知否？知否？

应是绿肥红瘦。

【语译】

依稀记得昨夜刮了一阵强劲的风，也飘着疏落的雨。为了排遣内心的孤寂，我独自借酒消愁。经过一番酣睡，醒来还觉得有点酒意。想起昨夜，连忙问正在卷窗帘的侍女，外面的情景如何？她只回答说："海棠还是像平常盛开着。"啊！你可知道吗？你可知道吗？海棠不是依旧，该是绿叶肥大，红花瘦损了。

【赏析】

这阕词是典型的伤春之作，出于深闺多情的才女之手，恐怕情致的温婉与缠绵是男性作家很难措意的。

"昨夜雨疏风骤"，一开头就很细心，既不是"雨横风狂三月暮"的那种暴烈，也不是单单一句"夜来风雨声"的粗略，它点出了有一颗心在其中熬煎着寂寞（雨疏）和凄凉（风骤）。这样的夜晚最适合于浓情蜜意、互相厮守的爱侣了，对于深为情困的人来说，那真是身心无涯的凌迟。它最明显的症候，莫过于"寤寐思服，辗转反侧"了。于是，孤伶的人儿想起借酒的力量来引渡愁城，也许，酒入愁肠全都化作了相思泪，她在泪眼婆娑中终于沉沉睡去……梦里只觉得幻象丛生，等到勉强睁开双眼，无边的空虚又像饱涨的潮水一般接踵而至，整个身子松垮垮的，像一件下过水的劣质衣服，就这样摊在分辨不清的时光隧道里。浓睡，竟然消解不了体内残留的酒意，张先说"午醉醒来愁未醒"，是的，其实醒不过来的是什么，谁不晓得呢？

她把视线滑向窗外，隐约望见一夜风雨的痕迹。满园折腾一夜的花朵不知可无恙？尤其是那一株花意已阑珊的海棠，那一脸曾经闪灼的娇靥，会不会因此香消玉殒？爱花、惜花的心情常人都有，然而，把自己切切移情于花，复由花光的萎谢联想到人情物事的变迁变化，那就是人间一股极殷极浓的情思了。也唯有从这种体会出发，我们才能深刻懂得黛玉为什么葬花，也才不会茫然于宝玉为什么因此而恸倒山坡上了。

帮清照卷帘的女孩儿怎能了解她问花的心绪？所以，只是匆匆一瞥，她就答说："海棠依旧。"茫茫人海中到底有多少人不认为花开花谢、刮风下雨是极平常的自然规律？太多情、太易感的人才会晓得什么是人类永恒的感伤，所有哲学上、宗教上的安慰和提升，也不过是更反衬出此种超越的努力之不可或缺罢了。

"知否？知否？"重叠得极婉转，而且问语双关，可能是清照自问，也可能面对一个少女的纯稚与无知忍不住引起的轻责。"绿肥红瘦"，岂不蕴含着"是处红衰翠减，苒苒物华休"的伤感情怀吗？由于风吹，所以花残；因为雨润，方才叶绿——这就是"暮春"活生生的实景。女人，尤其是李清照这样经风历雨的女人，对于自己人生"晚春"的触感，"绿肥红瘦"恐怕是再惨怆不过的自语了。最后，我们特别录下她的另一阕《如梦令》，好让大家咀嚼一番。

谁伴明窗独坐？

我共影儿两个。

灯尽欲眠时，影也把人抛躲。

无那，无那，好个凄凉的我！

【作品】

声声慢

寻寻觅觅，

冷冷清清，凄凄惨惨戚戚。

乍暖还寒时候，最难将息。

三杯两盏淡酒，

怎敌他、晚来风急。

雁过也，正伤心，

却是旧时相识。

满地黄花堆积，

憔悴损、如今有谁堪摘？

守着窗儿，独自怎生得黑？

梧桐更兼细雨，

到黄昏、点点滴滴。

这次第，怎一个、愁字了得？

【语译】

到处寻寻觅觅，找到的却只是一片冷冷清清，似乎什么往日的痕迹都未曾留下来，我内心不禁涌起一阵阵的凄惨酸楚。又是将暖犹寒的时节，真令人难以静下心来调息。三杯两盏的薄酒，怎抵得住傍晚时的急风呢？雁儿飞过了，最惹人伤心的，莫过于原是旧日相识的。

满地尽是堆积着的黄花，那残留在枝上的，看来都已瘦损憔悴，如今又有谁忍心去摘它？独自守着窗儿，怎样挨到日暮天黑？点点滴滴的细雨，打在梧桐叶上，到黄昏还下个不停。此情此景，光一个"愁"字怎么诉得尽呢？

【赏析】

一看词牌的名称，就知道它是以慢声婉诉、悠柔不尽为主的慢曲，李清照用它来铺述秋意兼写愁怀，是再恰当不过了。这阕词该是她晚年的力作，一向受到极高的评价，词本身借平易的口语，以白描的方式，深刻而精确地传达了一个失去爱情、晚年落魄凄凉的人的内心苦楚，而且，从这股私情的怆痛里，复可窥见一个山河破碎、家国苦难的巨大缩影。

第一次读到"寻寻觅觅，冷冷清清，凄凄惨惨戚戚"一口气十四个叠字时，的确不免教人怆然心惊！一开始就写极了空虚、清冷、迷惘、惨淡之情，用字这样细腻、大胆，似乎全不顾是否能以为继。接下去看时，我们才晓得那只是绵缠成一团柔丝的头而已。她向人生的虚空掷出如此哀怆的一个问号：问人间，情何物？

"二十余年如一梦，此身虽在堪惊！"（陈与义《临江仙》）清照早年的生活，据她最具体的描写之一是"晚来一阵风兼雨，洗尽炎光……笑语檀郎，今夜纱橱枕簟凉"（《采桑子》），好不暖馨，好不舒惬，好不蜜意柔情。而今，同样的天气，不同的时空，大难后的心绪，竟是"最难将息"了。

"过眼韶华何处也？萧萧又是秋声。"（王国维《临江仙》）薄酒怎敌得了深秋的晚来风急，偏偏旧识雁阵匆匆掠过，又细细挑起内心最隐痛的那一处。据说雁儿擅传音书，可是，即便能，却已"万千心事难寄"了。清照最爱的人永远永远再也听不见她的心语，知音既亡，言何以为？然而，生命原是如此充满难堪无奈，人间原也满布不尽的沧桑惆怅。你还是要走下去，直到生命终了。

"晚来风急"，所以"满地黄花堆积"，写实景，也述心境。

女人的年华本来就如花一样，何况经了那么大的风雨——"憔悴损，如今有谁堪摘？"有什么比女人更懂得女人的心理呢？到这种地步，生命的持续对清照而言是极其难挨了："守着窗儿，独自怎生得黑？"她不知道自己还能为生命雀跃些什么，"黑"字用得奇绝，一张漫天的大网，罩下了永无际涯的绝望、消沉与孤独。

昏黯的暮色渐近渐浓，似乎什么都静止了，人生命内在的律动也已经减轻至最微弱的讯息，只回应着雨水敲打在梧桐叶上所发出的空洞、悠远的声响——滴滴、滴、滴滴……如果清照愿意自沉溺的深渊中试着挣腾起来，或许能透悟"悲欢离合总无情"的人生本相，甚至大可以"一任阶前、点滴到天明"了。问题是，她虽然才情横溢，却永远不能是个哲学家，更何况，她还是一个女人，而大部分的女人终其一生都是以爱情为其职事的——我们又何忍在这点上苛求她？

不喜欢这阙词的人，说它伧俗。你以为如何呢？

朱敦儒

（大约 1079—1169？）

长命的秘诀是源自"如今但自关门睡，一任梅花作雪飞"的生命态度吗？

朱敦儒是一位有幸历遍人间，谙知物外的长寿词人。他字希真，河南洛阳人。有人逃情，而朱敦儒却是大半辈子都在逃官，并且不是隐居终南、以退为进的那种逃法。直到宋高宗绍兴二年（1132），他才应召报国。后来以"专立异论，与李光交通"的罪名被弹劾而罢官辞归。晚年于秦桧当权时，复出为鸿胪少卿（赞礼官），没多久就退休了。有人认为这是他政治生命的一个污点。

在他九十多年的生命里，做官的时期很短，倒是在江湖隐居的岁月居多。由于时代的巨变，使他彻底经历了看山看水的三个境界。南渡以前的中原依然歌舞升平，敦儒亦纵情诗酒，闲旷自乐，正印证了他在《鹧鸪天》中所云"诗万首，酒千觞，几曾着眼向侯王"的生命情姿。南渡后的二三十年间，四十多岁的敦儒开始流亡生涯。绍兴二年的应召，他原是带着满腔热血的，结果是悲愤还归，此期的作品，像《水龙吟》《相见欢》都是最动人的杰作。等到退休后的晚年，他实在已经看透人生万象的幻化，早已没有早年的狂放和中年的悲慨，所留下来的唯是大感伤之余的淡适了，像《好事近》《念奴娇》应是此期的佳作。

他的词集名《樵歌》，白描是他最大的特色，但是，特色有时候是优点，有时候却会成为欠缺。过犹不及，这个道理大家都懂得，问题往往在于"适度"的标准不容易订。试以他的《西江月》为例：

　　日日深杯酒满，朝朝小圃花开。
　　自歌自舞自开怀，
　　且喜无拘无碍。

　　青史几番春梦，红尘多少奇才。
　　不须计较更安排，
　　领取而今现在。

你觉得怎么样呢？

【作品】

好事近　渔父词

　摇首出红尘，醒醉更无时节。
　活计绿蓑青笠，惯披霜冲雪。

晚来风定钓丝闲，上下是新月。

千里水天一色，看孤鸿明灭。

【语译】

我大摇大摆地走出这千丈红尘（这里指官场），无拘无束喝我的酒，醉而醒，醒而醉。渔樵生涯是归宿，我穿着绿蓑衣，戴着青箬笠，习惯霜雪下的奔波。

夜晚，风停时，钓丝悠闲垂下，等待映现在湖底的新月。湖天无边，遥望去，水连天，天连水，上下天光，一碧万顷，忽然飘来一点若隐若现的孤鸿影。

【赏析】

诚如朱敦儒在《念奴娇》词中所写的："老来可喜，是历遍人间，谙知物外，看透虚空，将恨海愁山一时揉碎。"我们应该知道，许多人生境界的平淡恬适，大都非得从恨海愁山里头翻滚过来不可。北宋末午的大变乱与接着而来的南宋偏安局势，都使他饱尝身为一名读书人却感到无能为力的最大痛苦。他在南渡初期的作品充满悲愤之情，像《相见欢》：

金陵城上西楼，

倚清秋，

万里夕阳垂地，大江流。

中原乱，

簪缨散，

几时收？

试倩悲风吹泪，过扬州。

倒真是有陆游之风了，不过，等到岁月的刻痕细细切割人生的肌理后，朱敦儒写下了不少大风大浪过后的恬淡作品来，下面我们就来谈谈他极有名的《好事近》。

朱敦儒以《好事近》的词调写了六首渔父词，内容都是在吟咏自己飘然不羁的江湖隐居生活。上阕"摇首出红尘"直截了当地写出自己无法妥协于红尘滚滚的官场，他于高宗绍兴十九年（1149）离开朝廷，选择一种表面上与世事无涉的闲适生涯。这样的选择其实是不得不然的，想当年"万里烟尘，回首中原泪满巾"的他，是历经了"问人间，英雄何处？奇谋报国，可怜无用"的深刻体认，而今，这一切都只好付诸无可如何的摇首罢了。"醒醉更无时节"尤其是悲情衷语，除非有大郁结的人，否则是不会时常流连于醒与醉的边缘的。这一句很清楚地引出了他在时不可为的情势下之生命取向——"活计绿蓑青笠，惯披霜冲雪"，渔樵生涯虽然是饱经忧患后心灵的一种向往，但是，人间的霜雪原是无所不在，官场有官场的苦闷，绿蓑青笠何尝没有它的愁苦呢？所以，只要活进生命的核心里去，就得有"惯披霜冲雪"的能耐啊！

下阕："晚来风定钓丝闲，上下是新月"，借着生活表象的描

214

述，烘托出心境的逐渐归于素静。晚来的岁月，一切风平浪静，即使垂钓，也是钓翁之意不在鱼了，生活中还有什么扞格难入的呢？上看下看（不管从哪一个角度来观照），苍穹里的新月与湖波回映出的新月原无二致——扩大识域来说，历史上各朝代的兴替，岂不也千古一例，始卒若环吗？看看千里水天一色的自然壮景，想起多如恒河之沙的人类，当他的生命火光闪现于苍深莽阔的宇宙时，真像远处飘来的一点孤鸿，刹那的"明灭"到底又印证了些什么呢？

读到这阕作品的尾声时，我们的确很难确指作者的心境是彻底的祥和自化，还是有一种隐隐然的不满与淡漠。不过，从表面上的结构看，前半言情与后半写景是呼应得颇为完整的。至于"千里水天一色，看孤鸿明灭"所勾勒出的一幅情景，岂止是意在言外、耐人寻味而已？

【附录】

鹧鸪天

我是清都山水郎，

天教懒慢带疏狂，

曾批给露支风敕，累奏留云借月章。

诗万首，酒千觞，

215

几曾着眼向侯王？

玉楼金阙慵归去，且插梅花醉洛阳。

【语译】

我是清都（天帝宫阙）管理山水的职官，天生有懒慢带疏狂的性情。只管风露云月的幻化，人间的尘务一点也不干我的事啊！

诗国任我驰骋，一生中写下了万首之多；一醉再醉觉得天遥地久，哪曾正眼瞧过公侯帝王？管他什么玉楼金阙，什么富贵长生，才懒得归去呢！还不如身插梅花，醉留人间洛阳。

陆 游

（1125—1209）

　　"有了英雄至性，才成就得儿女心肠；有了儿女真情，才做得出英雄事业。"南宋前期最伟大的爱国诗人陆游，他的一生正是这句话最好的印证。

　　陆游，字务观，自号放翁，越州山阴（今浙江绍兴市）人。他在人生最要紧的两件大事——政治与爱情上面，同样表现了恒久的执着，令后人为之感动不已。很多人晓得《钗头凤》的故事缘起，恐怕没有多少人知道陆游对唐氏的恋眷是终其一生的，时间的流逝与空间的转换加上人事变幻的沧桑，更凸显出他那无与伦比的悱恻之情。所谓"时间能冲淡一切"的说法并不能适用于至情至性之人。

　　政治方面呢，他更始终坚持抗金的主张，尽管有不计其数的排斥和打击接踵而至，他还是不停地在收复中原的美梦中企盼着。中年时，在四川担任要职的范成大曾请他去做军防的参议官，这种实际的军中生活体验，更坚定了他北伐的壮志，同时丰富了他作品的内涵。可是怯懦主和的朝廷终于在因循苟且中丧失复国的良机，坐失大势。陆游心中的焦虑、悲愤、痛苦可想而知，想起

217

自己早年"气吞残虏"的雄心，却只能在"胡未灭，鬓先秋"的残酷现实中凋零，但是，凋零却不等于死亡。君不闻陆游云：

自许封侯在万里，有谁知，鬓虽残，心未死。（《夜游宫》）

毕竟，对个人的生死了不措意，却对民族的存亡耿耿在心的陆游，没能盼到王师北定中原的那一天，他死后六十多年，整个南宋就落入蒙古人的手里了。

对爱情与政治两相失意的陆游，到了晚年，难免也有表面闲适，内里其实慷怆不平的作品。于公，于私，他是那样的不能忘情。他的词作没有诗篇来得多，现在所传的《放翁词》（一称《渭南词》）大约有一百三十阕。这里，我们不妨引用一段刘克庄的话，来作为介绍陆游词风的参考：

放翁长短句，其激昂感慨者，稼轩（辛弃疾）不能过；飘逸高妙者，与陈简斋（与义）、朱希真（敦儒）相颉颃；流丽绵密者，欲出晏叔原（几道）、贺方回（铸）之上。（《后村大全集·诗话续集》）

【作品】

诉衷情

当年万里觅封侯，

218

匹马戍梁州。

关河梦断何处？尘暗旧貂裘。

胡未灭，鬓先秋，

泪空流。

此生谁料，心在天山，身老沧洲。

【语译】

想起年少气锐的当年，何等醉心于万里觅封侯，曾经雄心万丈，单身匹马远戍边疆。如今关山、长河究在何处？旧时的貂裘，自从来到南方，再也用不着了，任由它在尘封中暗淡下去。

敌寇尚未灭，国耻犹未雪，而我两鬓已现秋霜，只得空自流泪！这一生是难以料尽的，有谁能了解我的心恒久地萦绕在天山（边防区），不争气的形体却不得不老朽在沧洲！

【赏析】

这阕词一看就知道是陆游晚年的作品，别人填《诉衷情》这个词牌，多半写的是儿女间的离情别绪，极尽婉约纤秀之能事，而陆游却拿它来写家国的大感情、大悲愤，令人为之心撼神夺，难以自已。

陆游正好处于北宋南渡、朝野上下错把杭州作汴州的偏安时代，知识分子的历史使命感加上他天性里忠国爱民的情愫，使他无法坐视国势的颓唐与士气民心的涣散，因此，他不停地大声疾呼反对议和偷安，言之不足，更继之以行动——他真真是我们"读圣贤书，所学何事"的典型。尽管他如何充满"致君尧舜"的赤忱，如何渴望收复失土，立功异域，一展英雄豪杰的壮志；但是，这个男儿的理想，随着岁月的流逝、人心世局的醉溺，终于一片片破碎了。理想虽然幻灭，陆游的心却不肯罢休，他仍是那样执着于对生民社稷的关怀，有时干脆表示要"作个闲人样"，可是，我们知道那只是伤心到极点的丧气话。"死去元知万事空，但悲不见九州同。王师北定中原日，家祭无忘告乃翁。"才是他真正的心意，他对国事的魂牵梦萦，似乎是死而不已的。

放翁《诉衷情》一词多处用了情境的对比，倍增其悲怆的力量。我们逐一来细看吧。"当年万里觅封侯，匹马戍梁州"，写尽"当年"干云的豪气，不幸的是自己退败了，不争气的朝廷一拱手就送掉了半壁锦绣的江山！只落得"如今"的"关河梦断何处？尘暗旧貂裘"。再怎么样的铁马金戈，貂裘宝甲，已然云烟一场。"胡未灭，鬓先秋，泪空流！"如果留得住青春，如果生理的强韧跟英雄的心一般恒久，那么，还有可能东山再起，重新扭转乾坤……然而，敌不住的是催人的流光，胡人的气势方兴未艾，南宋的忠臣猛将，却一个个老尽少年心，一个个步向人生的尽头了。陆游的泪早已超越个人的苦难，为时危世乱下的芸芸苍生而流——这就是真正的英雄泪。望着自己秋霜繁重的两鬓，想着胡难未靖，人生将残，而大势已去，怎能不挥泪痛哭！

老大的悲痛使他曾经"夜阑卧听风吹雨，铁马冰河入梦来"，更曾"三更抚枕忽大叫，梦中夺得松亭关"。他愈需要梦的慰藉，就愈显现出他在现实中心灵受创的巨深。此词最后的一处对比就是"此生谁料，心在天山，身老沧洲"。陆游晚年住在绍兴镜湖边的三山，故称"身老沧洲"，但他心里念念不忘的是奔赴边境为国效力，明知不可能，却依然死不了这颗心。不能忘情是陆游最大的悲哀，也是他入世精神最可爱的地方。这种扦格对立，其实根本就是理想与现实的强烈冲突。陆游以"身""心"的剖离为喻，再痛切不过了。"心在天山，身老沧洲"比"身在江湖，心怀魏阙"的忧国情操还要直接、沉怆、感人。"此生谁料"总结全词烈士暮年不为所用，却仍壮心未已的大遗憾、大悲哀。

放翁而外又有谁能料得一生的呢？类似这样的心情，我们又可以从下面几阕词去印证：

中原当日三川震，

关辅回头煨烬，

泪尽两河征镇，

日望中兴运。

秋风霜满青青鬓，

老却新丰英俊。

云外华山千仞，

依旧无人问！（《桃园忆故人》）

采药归来，独寻茅店沽新酿。

暮烟千嶂，

处处闻渔唱。

醉弄扁舟，不怕粘天浪。

江湖上，

这回疏放，

作个闲人样。（《点绛唇》）

【作品】

钗头凤

红酥手，黄藤酒，

满城春色宫墙柳。

东风恶，欢情薄。

一怀愁绪，几年离索。

错！错！错！

春如旧，人空瘦，

泪痕红浥鲛绡透。

桃花落，闲池阁。

山盟虽在，锦书难托。

莫！莫！莫！

【语译】

　　记忆里，她那双红鲜酥嫩的手，正捧着香馥醉人的黄藤酒。满城尽是惹眼的春色，依依的柳丝垂悬在围墙边，恣意弄人的东风，吹散了两情的缱绻。令人满怀愁绪，几年的别离萧索更加深我对往事的懊恨。错啊！错啊！错啊！

　　而今，春光烂漫如旧，人却消瘦了许多。泪痕点点滴滴，把鲛绡罗帕都沾湿了。桃花一点点飘落，落在园里幽静的池阁中。当年的山盟海誓，你一定深记心中，一如我一样，可是这份深情是再也无法以书信来传诉了。休了！休了！休了！

【赏析】

　　尽管一个人一生中可能有不止一次的恋爱，但刻骨铭心的对象应该只有一个，而且是无可替代、虽九死其犹未悔的唯一。爱情无疑占着人生极大的分量，没有人能够自欺欺人否定这一点。陆游这首作品，刻述的就是这种天长地久的爱情，以及为爱而受挫的无比哀痛——最古老的人生主题之一：爱情，同时也是最新鲜、最永恒的人间课题。

　　陆游与表妹唐琬婚后两情甚笃，既是爱侣又是知音，可是婆婆非常不喜欢这个媳妇，终于以她做母亲的权威逼使儿子离婚。《孔雀东南飞》的重演，令陆游内心万分痛苦，他很难了解母亲为什么容不下他那么热爱的妻子，又不忍伤母亲的心，只好让唐琬搬出去住，但是两人仍旧秘密来往。后来被他母亲知道，断然强迫他们从此断绝。唐琬不得已，只得从家命改嫁。陆游也另娶了。几年后，陆游春游禹迹寺南的沈氏园，不期与唐琬重逢，内心百感交集，就填了《钗头凤》一词，题于园壁上，这时他三十一岁。

时空的变迁，人事的幻化，一点也没有影响到陆游心目中伊人的影象。如今偶然邂逅，眼前浮起的尽是当年两情缱绻的情景，同样的春风如酒，却是何其苦涩。虽咫尺已天涯，伊已是别人的妻了，能够把这股情愁向她倾诉吗？再看她清瘦的倩影，可也是多年绝望的相思所煎熬成的吗？本来是羡煞天下人的神仙眷侣，怎么会落得劳燕分飞、各奔西东呢？陆游与唐琬定有满怀不由分说的哀怨，使得欢情薄、桃花落的东风，原是他母亲的象征，可是作为人子如何去抗辩、去争诉？在那样的时代里、在那种的观念下，除了委诸"造化"不仁，他又能怎样？

鲛绡，相传是南海地方产的一种生丝，密不透水。这里说伊人的泪痕把鲛绡的丝帕都沾湿了。那是多深、多大的怆痛啊，否则怎么能将不透水的东西都湿透呢？面对面时，一往情深的陆游也只能痴望着意中人，把千万的相思都吞回肚子里去。其实，他咽下去的，可是普天下情痴的泪水；他拈笔写就的，可是普天下难成眷属的有情人的心声。"人空瘦"的"空"字写极了无奈的悲，为伊消得人憔悴，谁不曾有过？可是，陆游忍不住心里怜惜伊人，希望她好好过活，真想劝她别再为情所苦，为爱而瘦，因为那也是徒然呀！然而，真情的付出永远是衣带渐宽终不悔的。

"山盟虽在，锦书难托"，等同山海之恒久不渝的誓言虽然长在彼此的内心深处，根本无须印证，可是却再也不能重温旧情了——即使是一张简笺都会引起无谓的纷扰，更遑论低诉衷曲。这个句子美在、苦在情爱与现实扞格难谐的表达上，最动人心魂处，则在"山盟虽在"的"虽"字。它的文学效果与"人空瘦"的"空"字是一样的——由于现实的作用，对一往无悔的深情乃感到彻骨的伤恸，对扳不回的命运又是那么的难以甘心俯首。

"错，错，错"和"莫，莫，莫"的音乐性极强，含义则不许肯定。错，是谁错呢？错在哪呢？真错吗？——问苍天，情何物。莫，休了，什么能休，什么不能休，什么可以算了，什么又是永远不能算了？

纳兰性德《蝶恋花》云："不恨天涯行役苦，只恨西风，吹梦成今古。"放翁地下有知，老泪恐亦纵横矣！

辛弃疾

（1140—1207）

辛弃疾，原字坦夫，后来改为幼安，号稼轩，历城（今山东济南）人。生于宋高宗绍兴十年（1140）。他个性豪爽，以气节自负，以功业自许，有燕赵侠义之风。出生的时候，北方已沦陷金源十多年，目睹国破家亡的惨境，幼年便有强烈的报国心愿。

绍兴三十一年（1161），辛弃疾二十二岁，便下定决心南归。当时中原豪杰蜂起，耿京号称天平节度使，统率山东、河北的抗金起义军，弃疾前往当掌书记。第二年，南渡归宋。历任江西、福建提点刑狱，湖北、湖南转运副使，湖北、湖南、江西、福建、浙东安抚使，大理少卿，兵部侍郎。

在政治、军事上，弃疾是积极分子，也是主战派的主要人物之一。他虽然提供自己的智计韬略（像《美芹十论》《九议》），贯注充沛的热情和必胜的信念，可是在南宋政局、派系和他个人地域色彩的关系，朝廷当权者非常疑忌他，因此，落职后长期没有得到任用。他曾感慨地说："不念英雄江左老，用之可以尊中国。叹诗书万卷致君人，翻沉陆。"后来渐被重用，但是屡起屡黜，不能展现他的才情与抱负，忠愤郁勃之气，经常形之于词篇。

在落职时，他闲居上饶，营建带湖新居，有室曰"稼轩"，因以自号。在这里，他享受庭园山水的乐趣，前后有十一年之久。也就在这期间（四十岁以后），他对自身的生命态度有深入的反省与体会，悟识"古来贤者，进亦乐，退亦乐"（《兰陵王·赋一丘一壑》）的乐趣，终于找到心灵的归宿，所以，他也认同陶渊明的生命态度，说道："众鸟欣有托，吾亦爱吾庐。"

宋宁宗开禧三年（1207），弃疾除枢密院都承旨，未受命而卒，年六十八。

从弃疾的生命史可以看出，他的人生观非常积极，满怀忠愤，奋斗不懈。他热爱并关心国家和民族的存亡绝续，对南宋腐败颓废的政府，讽刺交加，希望能够振聋发聩，这方面的表现，的确很像先知，但他也就必须承担先知的寂寞。对苦难的老百姓，他发挥了知识分子的悲悯情怀，反映了大众的疾苦，代表大众提出要求与控诉，加上个人遭调所激起的喜怒哀乐，使得《稼轩词》六百二十六阕，充满了生动活泼的人情味与现实性。

在中国词史上，弃疾是继东坡以后的豪放派领袖，他开拓了词的领域，展示了多样风格。在豪放之外，"情致缠绵，词意婉约"的作品也写得非常好，真可谓多彩多姿了。在形式方面，他经常是诗词散文交融应用，比起东坡的"以诗为词"更大胆、更彻底。内容方面，可看出他的大家胸襟，他写词，无意不可入，无事不可言，任何题材，经由他的融化再现，不仅活泼有生命，更可以看到作者的人格。

一部《稼轩词》是弃疾的全部生命史，有愤慨有悲哀，更有那么多的无奈。

他的艺术造诣是有目共睹的，情深意真，加上圆熟的艺术手法，使他的成就"横绝六合，扫空万古"。《四库提要》评得好：

（弃疾）其词慷慨纵横，有不可一世之概。于倚声家为变调，而异军特起，能于剪红刻翠之外，屹然别立一宗，迄今不废。

【作品】

青玉案　元夕

东风夜放花千树，

更吹落、星如雨。

宝马雕车香满路，

凤箫声动，玉壶光转，

一夜鱼龙舞。

蛾儿雪柳黄金缕，

笑语盈盈暗香去。

众里寻他千百度，

蓦然回首，那人却在、

灯火阑珊处。

东风来了，黑夜里的千树繁花灿然怒放，更把满天烟火吹落得像万点流星雨一般。华丽的马车飘起阵阵香气，一路上迤逦而过。凤箫的声韵浮荡在喧闹的人群中，玉壶的光泽到处流转，整个晚上尽是此起彼落的鱼灯龙灯在飞舞着。

妇女们佩戴着炫人心目的蛾儿钗、雪柳和黄金缕，不久，盈盈的美姿和动人的笑语都逐渐随着幽香消逝了。我在汹涌的人浪中千回百回地寻找她，猛然回头一看，原来那人正在灯火幽黯的地方！

【赏析】

辛稼轩这阕《青玉案》原来题作"元夕"。上阕以夸张的手法描绘灯月交辉的上元节盛况；下阕写观灯的姑娘们，并吐露内心对那位理想情人的爱慕。梁启超先生认为这阕词是"自怜幽独，伤心人别有怀抱"。（梁令娴《艺蘅馆词选》引语）后来，胡云翼据以发挥，认为"作者追慕的是一个不同凡俗、自甘寂寞，而又有些迟暮之感的美人，这所反映的正是他自己在政治失意以后，宁愿闲居、不肯同流合污的品质"。（《宋词选注》）这些评论指出了此词是有寓意的，也即"别有寄托"。我们的看法是，它是一阕意义丰美的情词。

先谈上阕。开始二句：

东风夜放花千树，
更吹落、星如雨。

上句写花灯如银花千树，下句写烟火似万点流星，将元宵节的景象描绘得极为热闹，尤其是词人的丰富想象力，把"东风"牵扯进来，贯穿两句，造成似幻似真的世界。"夜放"一语双关，既映现了元宵节的景致，也鲜活了"花灯"的生意。张鷟《朝野佥载》云：

（唐）睿宗先天二年，正月十五、十六、十七夜，于京师安福门外作灯轮，高二十丈，衣以锦绮，饰以金银，燃五万盏灯，簇之如花树。

宋去唐不远，风俗因袭，大同小异，可见稼轩"夜放花千树"绝非杜撰的。"星如雨"一词的解释，有人根据吴自牧《梦梁录·元宵》："诸营班院于法不得与夜游，各以竹竿出灯球于半空，远睹若飞星。"便以为是"灯火"的比喻。我们把它解释为"烟火"，一来是应景，所谓元宵节放烟火；再来，"星如雨"是循满天烟火垂下如雨这一脉络追踪的结果。其实，上句写地面花灯之多，下句写夜空烟火满天，更加显现元宵的热闹来。接着：

宝马雕车香满路，
凤箫声动，玉壶光转，一夜鱼龙舞。

四句，有声有色地展开元宵佳节的活动。"宝马雕车香满路"

一句，点出看热闹的群众，人山人海，真是"倾城出宝骑，匝路转香车"。

"凤箫声动"，指美妙的音乐。"凤箫"，一说"排箫"，以其形状参差像凤翼，别名"参差"。又因为它的音色如凤鸣，所以名为"凤箫"。"玉壶"一词，寻常都根据周密《武林旧事·元宵》："灯之品极多，每以苏灯为最。圈片大者径三四尺，皆五色琉璃所成。山水人物，花竹翎毛，种种奇妙，俨然着色便面也。其后福州所进，则纯用白玉，晃耀夺目，如清冰玉壶，爽彻心目。"而认为是一种精美的灯。不过，俞平伯《唐宋词选释》却以为是指月而言的，他说：

> 鲍照《白头吟》："清如玉壶冰。"后来唐宋诗词中每以"玉壶""冰壶"喻月。如唐朱华《海上生明月》："影开金镜满，轮抱玉壶清"，和这词用法相近，指月而言甚显。

我们的看法是，两种观点都可取，但后者描绘灯月交辉，景象更为新奇。而且，还可能牵涉到下面奇妙世界的气氛。"鱼龙"是花灯的形状，如金鱼、蚌壳、龙灯等，配合上句，顿成奇妙世界：月色如水，各种花灯飞舞，如鱼龙闹海一般，煞是好看。这三句，作者运用"动""转""舞"三个动词，使元宵节目活跃到极点。

下阕开始两句：

蛾儿雪柳黄金缕，
笑语盈盈暗香去。

转笔写观赏元宵活动的妇女。不过作者只述妇女所戴的妆饰品：蛾儿、雪柳、黄金缕，以及妇女笑语时含情的态度。对于这位美人——作者理想中的绝对美——如此的描绘，未免让人觉得泛泛了。作者是否有意制造迷离的气氛，以显示他的浪漫情愫，我们难以得知，但是，对于"绝对美"的追求者来说，这种无法言传的"美的形象"，毋宁是他内心的理想对象，老子云："天下皆知美之为美，斯恶矣！"恐怕就是这个意思吧。

稼轩在热闹场中，罗绮如云里邂逅这样的"美人"，当然内心为之一振，可是"美人"却消失在一阵幽香中，真令人怅惘。接着：

众里寻他千百度，
蓦然回首，那人却在、灯火阑珊处。

三句，描述稼轩对"绝对美"的执着与追求的决心。固然，"美人"已消失于幽香中，可是稼轩并不怅惘，他更积极地追寻。"众里寻他千百度"，可见词人对理想——绝对美追寻的艰辛。"蓦

然回首"，反映词人经历千辛万苦突然获得的惊喜。"那人"，即
"美人""绝对美""理想"，当然也意味着"适当的距离"（这是
"美"存在的先决条件）。"灯火阑珊处"，明点灯火幽黯，也呼应
"暗香"，暗示孤寂。这是稼轩心目中的"理想"，"她"不在热闹
的人群中，而在孤独的地方。这种经历是艰辛的，当然感受必定
也是复杂的。王国维曾说：

> 古今之成大事业大学问者，必经过三种之境界："昨夜西风凋
> 碧树，独上高楼，望尽天涯路"，此第一境也；"衣带渐宽终不悔，
> 为伊消得人憔悴"，此第二境也；"众里寻他千百度，蓦然回首，
> 那人却在、灯火阑珊处"，此第三境也。此等语皆非大词人不能
> 道，然遽以此意解释诸词，恐晏、欧诸公所不许也。（《人间词话》）

这是王氏品味词句，配合个人联想力所推论出来的新关系。
然而，我们以为要不是"词句"隐含着此一生发的情愫，恐怕王
氏也不会有此妙想了。的确，稼轩《青玉案》的最后三句意义极
为实际，它普遍地道出了任何追求真善美的艰辛经历与获得成功
的一份惊喜（喜悦中有悲酸）的心声。

稼轩向来以豪放著称，然而，类似《青玉案》的温柔情调，
在他的词集里却也随手可拾，并且篇篇情韵悠扬，耐人寻味，这
说明了他英雄气质的另一面多情性格，只有我们对他如此性格深
入了解之后，我们才能进入稼轩词的感情世界。下面再录下他的

《摸鱼儿》一词，以印证上述看法：

更能消、几番风雨，匆匆春又归去。

惜春长怕花开早，何况落红无数。

春且住，

见说道、天涯芳草无归路。

怨春不语，

算只有殷勤，画檐蛛网，尽日惹飞絮。

长门事，准拟佳期又误。

蛾眉曾有人妒。

千金纵买相如赋，脉脉此情谁诉？

君莫舞，

君不见、玉环飞燕皆尘土。

闲愁最苦，

休去倚危楼，斜阳正在，烟柳断肠处。

【作品】

水龙吟　登建康赏心亭

楚天千里清秋，水随天去秋无际。

遥岑远目，献愁供恨，玉簪螺髻。

落日楼头，断鸿声里，江南游子。

把吴钩看了，阑干拍遍，

无人会、登临意。

休说鲈鱼堪脍，尽西风，季鹰归未？

求田问舍，怕应羞见，刘郎才气。

可惜流年，忧愁风雨，树犹如此。

倩何人、唤取红巾翠袖，揾英雄泪？

【语译】

江南千里秋色，江水随着苍天奔去，更显得秋意茫无边际。远处的山峦起伏如簪髻，凝目远眺，空惹得一腔愁绪。楼头的落日渐渐西斜，耳边响起声声孤鸿的哀鸣，我这江南的游子啊，一回回把吴钩刀剑看了，一遍遍把栏杆拍了，却没有人领会到我登临的意味。

还是不要说鲈鱼正是时候了，遍地西风，张季鹰又岂能率意回来？像三国时代的许汜，只留心自己的房舍田产，想他也该羞见刘备那不可一世的才气吧？可惜年华尽在忧愁的风雨中席卷而去，柳树都已经够十人合抱了。请问，有谁能为我唤来红巾翠袖的美人，轻轻拭干英雄忧时伤国的泪水。

【赏析】

这阕词是宋孝宗乾道五年（1169）稼轩任建康通判时所作，当时已三十岁。他本来"以气节自负，以功业自许"，年轻时是著名的抗金斗士，然而，二十三岁南渡归宋后，却一直不受朝廷的重视。他的雄心壮志没有人理解，内心那份强烈的孤寂感也只有自己独尝了。在如此复杂的心情下，他登上建康赏心亭，不自禁地道出忧时伤国的情怀。其中，有国仇，有愤懑，更有英雄的失落感，这些情愫构成了《水龙吟》丰富的主题意识。

上阕开始两句：

楚天千里清秋，水随天去秋无际。

点出江南的辽阔与秋色的无际。这跟祖咏的"楚山不可极，归路但萧条"（《江南旅情》）与柳永的"念去去，千里烟波，暮霭沉沉楚天阔"（《雨霖铃》）所写的景象极为相似，不过，稼轩这两句给人的感受恐怕还不止这些，怎见得？让我们仔细推敲推敲。祖咏、柳永两人所说的只是楚山（楚天）无际罢了，而稼轩除写楚山（楚天），即"空间"的无穷辽阔（"千里"两字似乎较为具体、数量感）之外，也在暗示"时间"这一意识（所谓"水随天去"即是）。因此，这两句给人"置身在无限时空的流动里"的感触，当然很容易引起孤独、渺小与无助的感觉。加上他连续用了两次"秋"的意象，既明示秋色的无所不在，也暗点稼轩的"心上秋"——悲剧意识。接着：

遥岑远目，献愁供恨，玉簪螺髻。

三句，写远眺的景象，由于作者情绪投射的结果，使远处山峦也染上悲愁的色泽。其实"遥岑"之所以"献愁供恨"，极其可能是"神州沉陆"的感伤情怀导致的。当他在"赏心亭"眺望远山时，他意识到这些曾是南宋的山峦，现在已经成为金源的国土，真令人触景伤情呀！特别是像他如此雄心壮志的人物看来更是满目凄然，悲感之至了。"玉簪""螺髻"皆喻山峦，作者为什么利用女人头发的妆饰物与形状来譬喻山的形象呢？这是值得探索的。我们认为有两种可能：一是，当前"红巾翠袖"（歌女）的形象——特别是头发——所触引而作的联想；其次是，对神州大地（有母性的象征）的思恋，而引起的联想。因为这些山峦都在长江以北（那是他的故乡，他的母亲，他心中的根源），跟下面的"江南游子"一句相对照，这层意义是很明显的。再接着：

落日楼头，断鸿声里，江南游子。

三句的意象极为灰暗，情调更是悲怆，而且层层写来，淋漓尽致地道出英雄末路的窘态。"落日楼头"，是视觉意象，与柳永的"残照当楼"（《八声甘州》）景象相同，不仅明写凄凉的情境，也暗示"时不我予"的悲慨。"断鸿声里"，是听觉意象，写失群孤雁的悲鸣。"断鸿"一词，恐怕也有可能是稼轩当下处境（孤寂）的象征。"江南游子"写自己的现况，作者以之作为本人的代称，可见心里那份不得已的悲哀。我们想要特地指出的是，当

"落日楼头"（看在眼里）、"断鸿声里"（听在耳里）落实到"江南游子"（感在心里）的时候，其愁恨苦闷怕已涨到饱和点了。后四句：

把吴钩看了，阑干拍遍，

无人会、登临意。

一气呵成，写英雄末路时候所表现的本色与愤懑。"吴钩"，是指弯形的刀剑。"把吴钩看了"一句，与"醉里挑灯看剑"（《破阵子》）一样，同为潜意识的流露，它说明了作者念兹在兹，希望有机会配刀跨马上战场立功劳的意愿。"阑干拍遍"是慷慨悲切与报国无门的心理转向的举动，这与他的"有时思到难思处，拍碎阑干人不知"（《鹤鸣亭绝句》四首之一）情况同出一辙。当然，这又关系上述饱和的愁怅苦闷情绪。"无人会、登临意"两句，刻画了稼轩的孤独，在"举世皆浊""众人皆醉"的尘世，他注定当"陌生人"的角色。有意思的是，这阕词原题"登建康赏心亭"，可是稼轩所表现的却迥非"赏心"的情绪，而是"伤心"的情愫。河山千古，人情短暂，然而，其中那份情感都是作者所挹注上去的。像稼轩在这里所流露出来的情感样态，正是最好的例证。

下阕曲尽其妙地道出词人的崇高志向与英雄悲怀。开始三句：

休说鲈鱼堪脍，尽西风，季鹰归未？

表明自己的意愿，不想学张季鹰忘情时事，旷达适意的生命态度。根据《晋书·张翰传》云：

翰（季鹰）因见秋风起，乃思吴中菰菜、莼羹、鲈鱼脍，曰："人生贵得适志，何能羁宦数千里以要名爵乎？"遂命驾而归。

又按《世说新语·识鉴》云：

张季鹰（翰）辟齐王东曹掾，在洛见秋风起，因思吴中菰菜羹、鲈鱼脍，曰："人生贵得适意尔，何能羁宦数千里以要名爵？"遂命驾便归。俄而齐王败，时人皆谓为见机。

稼轩通过对张季鹰生命态度的批判，说明了自己与张季鹰在价值、观念取向上的差异。他不会因乡愁，便借口"人生贵适意"而弃官回乡；他雄心壮志，公而忘私，并且绝不回避任何艰险，积极地担当人间世的重任。"休说"两字下得非常肯定，不容妥协；"尽"，即"尽管"的意思，充分表示作者强制自己，不挂搭私欲，一心一意为理想、为大我的襟怀。接着：

求田问舍，怕应羞见，刘郎才气。

借许汜求田问舍图温饱而见斥于刘备的故事，以表明词人的坚贞抉择。根据《三国志·魏书·陈登传》云：

许汜与刘备共在荆州牧刘表坐。表与备共论天下人。汜曰："陈元龙湖海之士，豪气不除。"……备问汜："君言豪，宁有事耶？"汜曰："昔遭乱，过下邳，见元龙。元龙无客主之意，久不相与语，自上大床卧，使客卧下床。"备曰："君有国士之名，今天下大乱，帝王失所，望君忧国忘家，有救世之意；而君求田问舍，言无可采，是元龙所讳也，何缘当与君语？如小人欲卧百尺楼上，卧君于地，何但上下床之间耶！"

稼轩应用这个典故，言外之意既准确又深刻。到底，他用世之心十分强烈、积极，因此，国事、家事、天下事，事事关心，这与求田问舍、谋求隐逸生活的生命态度是迥然不同的。此种入世精神与前面对张季鹰出世的批判，意义一致，毋宁是词人的自剖。尤其以反诘的语气陈述，更反衬他内心的坚定原则。如此说来，张翰、许汜者流只是"小我"利益的追求者，与以天下为己任、大我的奉献者相比较，其中的差别，是不可相提并论的。稼轩的抱负，于此可见。再接着：

可惜流年，忧愁风雨，树犹如此。

三句，脉络承上而来，却暗与自己当下的处境对比，而造成情境上的嘲弄。词人为"年光如流——时不我予"而惋惜，为"风雨飘摇——国家局势的动荡"而忧愁，当然是针对前面积极用世之心（而不被重视，落得投闲置散），所触引的情绪反应。

"树犹如此"一句应当包括"人何以堪"才能够充分显示命题的原意。它引起词人对自己生理现象作彻底的反省。岁月是无情的，它连树木（苍老）都不放过，何况是人（老迈）呢？自来，英雄最忌老迈，因为那时壮志雄心可能等闲休。梦想的落空，对英雄而言，是最悲惨的打击，生命的意义也可能为之幻灭。稼轩想到这儿，情不自禁地任泪水纵横。"大丈夫有泪不轻弹"，看来，只是不到时候罢了。稼轩英雄末路的窘境既然到如此地步，除非槁木，否则放声一恸应是合情合理的心理发展途径。最后三句：

倩何人、唤取红巾翠袖，揾英雄泪。

就是在此种心情下的流露，它不仅遥接上阕"江南游子"的苦闷寂寞，同时描述高涨情绪的奔进。然而，他流的"泪"是"拼一襟、寂寞泪弹秋，无人会"（《满江红》）的英雄泪。唯有"泪"才能解除他高潮的情绪，也唯有"泪"才能涤荡他胸中的愤懑。"红巾翠袖"是妆饰，又是美人的代称，"倩何人"，意思是没有人，以呼应前面"无人会"的孤独处境。如此说来，我们的旷世英雄稼轩真是孤独绝缘了。他的才情不被重视，所以，他孤独；他的苦闷没有人理会，所以，他悲愤；他为年华流逝而心慌，为英雄末路而弹泪，可是连一丝（来自美人）的安慰（为他拭干泪水）也没有，这是一个怎样的世界？

然而，我们却也为稼轩此种表现而喝彩、敬佩。喝彩的是，在无路可走的时候，还能挺然特立；敬佩的是，在境遇拂逆、苦闷暴涨的时候，还有力量把他担当起来。

在英雄末路的心声里，我们听出了稼轩的无奈，也觉识了稼轩的不妥协的生命态度与高贵的英雄气质。

【作品】

菩萨蛮　书江西造口壁

郁孤台下清江水，

中间多少行人泪。

西北望长安，

可怜无数山。

青山遮不住，

毕竟东流去。

江晚正愁予，

山深闻鹧鸪。

【语译】

郁孤台下面的清江啊，想必滴进不少行人的泪水吧。朝向西北瞭望中原故乡，可惜视线被重重的山峦挡住。中原啊中原，你几时才能恢复呢？

青山虽然能遮断人们瞻望中原故乡的视线，却挡不住赣江向东的奔流水。落日楼头，江上暮霭沉沉，正是愁闷的时候，忽然深山传来鹧鸪"行不得也哥哥！"的叫声，听在心里，真教人难受啊！

【赏析】

这阕词是宋孝宗淳熙三年（1176）写的，当时稼轩三十七岁，任京西转运判官。题目"书江西造口壁"（造口在赣州城，是造水入赣江的口子），顾名思义是作者在造口览迹怀古之作。由于字里行间时露愤懑悲凉，读来慷慨激昂，撼人心弦，所以，梁启超先生说："《菩萨蛮》如此大声鞺鞳，得未曾有。"（《艺蘅馆词选》）

仔细玩味，我们不难发现其中有壮志未酬的苦闷，也有失职不平的牢骚，当然，更有急切的感伤。上阕开始两句：

郁孤台下清江水，
中间多少行人泪。

上句写景，下句抒情。郁孤台，在今江西赣州市西南，赣江经过台下向北流去。根据《赣州府志》云：

望阙台在文壁山，其山隆阜郁然孤峙，故旧名郁孤台。唐李勉为州刺史，登台北望，慨然曰："余虽不及子牟，心在魏阙一也。"乃易匾为望阙。宋绍兴十七年，知军曾慥增创二台，南曰郁孤，北曰望阙。（卷九）

"郁孤（望阙）台"的历史经验与稼轩的亲身经验叠合而形成相当繁富的意义。原来，词人是壮志雄心、热衷功名的积极斗士，他一心一意想"在朝为官"，回"临安"——词人内心的"长安"以谋发展。可是，事与愿违，他经常以朝官外任。这阕词是他在赣州一年的心情，巴望"临安"正意味他对内调的强烈渴求。如此说来，"郁孤台下清江水"一句虽是写景，其实是景中有情，强烈地流露"身在江湖，心悬魏阙"这一意识。"清江"，是赣江与袁江合流处。"流水"意象可能也隐含强烈的"时间"——逝者如斯，不舍昼夜——意识，从而造成心理上的焦急，尤其面对"了却君王天下事，赢得生前身后名"（《破阵子》）这一愿望，更能看出他在时间意识下所呈现的焦虑。

"中间多少行人泪"，不直说词人感极弹泪，而泛述台下江水不知有多少"行人"的泪。这是情绪客观化、冷静的表达法，如此，才能让读者认同，引起共鸣。其实，"行人"正是稼轩本人，"泪"字透露他内心高涨的苦闷。他登上"望阙台"，百感交集，情不自禁地流下"无人会"的英雄泪。接着：

西北望长安，

可怜无数山。

两句，进一步来描述词人"虽九死其犹未悔"的"望阙"意识与实际遭遇上的无奈。"长安"为京城的代称，也就是"临安"的借喻。"西北望长安"，从"郁孤台"的地理方位来说，"西北"是江流的方向，也是当时"阙下"——临安的方向。"望"字充分说明了词人回归京城的意愿，他时时盼望能"在朝为官"，展示怀抱。然而，"可怜无数山"，终于把他的意愿遮挡住了。"无数山"，是空间内含，也是"望长安"的视觉障碍；可是，若从稼轩的身世与南宋政局、派系来考察的话，恐怕"无数山"又有"朝士蔽贤"的意味在。证之史实，当时主政的人都是主和派，他们不仅歧视北方来的"归正人"，同时对志切恢复、凌厉刚猛的人物，像稼轩这类人是有所顾忌的，因此，处处故意为难稼轩。无数这样的"青山"挡住稼轩，难怪他"望"不到"长安"，"得"不到亲炙"皇上"的机会。

下阕开始两句：

青山遮不住，

毕竟东流去。

承上而来，表面上看，似乎在写景，其实又是抒情，所以说景中有情。不过作者似乎有意借外在"清江水"的"东流",来和自己处境的滞留对比,形成嘲弄的效果,这时,作者已意识到自己不如"东流水"的悲哀。只是作者是以情境的显隐对比来表达内心的这份悲凉情怀。"毕竟"两字说出了"清江水"的无比耐性,"无数山"怎么挡也挡不住它"东流"的意愿,然而,它能,稼轩能吗?即使努力冲破重重障碍,他能成功到"阙下"吗?词人的无奈于此可见。

最后:

江晚正愁予,
山深闻鹧鸪。

两句,一抒情,一写景。"江晚"一词带有强烈的时间意识,与上阕的"清江水"相配合,造成词人内心强烈的焦虑。特别是"晚"一字的意义多重,不仅述说了词人"日暮途穷"的心理,也可能有"暮霭沉沉楚天阔"的隔绝(孤独)现境。这也就怪不得他会泪滴江波了。"愁予"补述了上阕"行人泪",并确定作者览迹的悲伤情怀。

"山深闻鹧鸪"是听觉意象,词人截情入景,以鹧鸪"行不得也哥哥"的叫声,来反映自己当前无奈的处境,真是曲尽其妙。同时,它也可能是上句"愁予"的唤醒者。

从这阕《菩萨蛮》的分析过程,我们可以知道稼轩写的不仅是个人身世的感伤、家国兴亡的悲哀，更是壮志雄心未酬的苦闷，因此，主题意识极为丰富。并且，此阕词，句句写山写水，却是句句含情寓意，诚如周济所说的"借水怨山"（《宋四家词选》），读来真是耐人寻味。自南宋以来，这阕《菩萨蛮》为什么一直被奉为辛词名作之一，其道理可能就在这里。

【作品】

永遇乐　京口北固亭怀古

千古江山，

英雄无觅、孙仲谋处。

舞榭歌台，

风流总被、雨打风吹去。

斜阳草树，寻常巷陌，

人道寄奴曾住。

想当年，金戈铁马，

气吞万里如虎。

元嘉草草、封狼居胥，

赢得仓皇北顾。

四十三年，

望中犹记、烽火扬州路。

可堪回首，佛狸祠下，

一片神鸦社鼓。

凭谁问，

廉颇老矣，尚能饭否？

【语译】

千古以来江山如旧，可是再也找不出当年孙权的英雄史迹。多少歌台舞榭中的风流韵事，都免不了被岁月的风雨吹打净尽。有人说，那边斜阳草树、寻常巷陌的人家，就是寄奴（宋武帝刘裕）曾住过的地方。想当年，他可不是金戈铁马、气吞万里如虎吗？

宋文帝元嘉年间，想要效法霍去病北伐匈奴，在狼居胥，勒石记功的盛事，但却仓促举事，国力未集，空自落得慌乱地败归。如今我南来已经四十三年了，回忆中仍然清楚记得烽火连天的扬州。叫我如何回首？那佛狸祠下，早已一片神鸦社鼓。有谁愿意来探问，廉颇先生年纪老大了，饭量是不是依旧呢？

【赏析】

这是一阕咏史兼抒怀的词，其中史实与个人抱负融汇在一起，而感情基调是慷慨激昂的，所以能撼人心弦。杨慎《词品》曾说：

辛词当以京口北固亭怀古《永遇乐》为第一。

可见此词的造诣。《永遇乐》写于宋宁宗开禧元年（1205），稼轩守镇江（京口）的时候，当年六十六岁。距离高宗绍兴三十二年（1162），为耿京忠义军掌书记，奉表归朝，恰好四十三年。

上阕咏史，贴切京口北固亭的史迹，劈头写孙权，接着谈刘裕。开始三句：

千古江山，英雄无觅、孙仲谋处。

立刻把读者引入时光的隧道去。"江山"的永恒与"人生"的短暂，在此形成鲜明的对比，在嘲弄之中又有份极为强烈的"无奈"逼冲出来。稼轩非常欣赏孙权而且常形诸词篇，像：

天下英雄谁敌手？曹刘。生子当如孙仲谋。(《南乡子》)

这种心理，我们可能认为来自两种原因，一是孙权的英雄形象，一是地缘的认同。首先，我们都知道，汉献帝时，天下分裂，局势混乱，孙权曾西破黄祖，北败曹操，临江拒守，功业极为显赫，使天下成为鼎足的局面。南宋时主战派的稼轩志在振奋朝廷的威势，恢复神州失土，此种积极性使他非常心仪孙权，认同孙权的英雄气概。其次，孙权曾经亲自镇守京口，后来并在这里建筑城市。而现在，稼轩刚好守镇江，地缘的认同，使他的"怀古"情绪更为深沉、复杂。

当他在北固亭眺望，感触深深，北固山依旧郁郁苍苍，长江也依然不尽滚滚来，可是，曾经在这里镇守的英雄孙权却再也找不到了。也许，他内心正想着，我目前正镇守这里，可是我是造时势的英雄吗？我们说这三句流露出"强烈的无奈"，从这里应该可以感觉得到。

接着：

舞榭歌台，风流总被、雨打风吹去。

三句，明示风雨的无情，一切繁华热闹，英雄风流余韵，到头来都消失在茫茫的时间里。这与东坡"大江东去，浪淘尽，千古风流人物"（《念奴娇》）的历史情怀同出一辙。

很明显地，这里的"舞榭歌台""风流"，是承上而来，针对孙权在京口时候写的。"舞榭歌台"不仅点出当时京口的繁荣，并且透露当时对歌舞的争逐。如此，英雄的"风流"余韵才有着落，风流英雄与美人歌舞有时候更能反映历史的真实与英雄的实在性。从这里可以看出，稼轩是以冷眼来观察热闹的历史，因此，重现在他笔底下的历史风云，是那么多彩多姿。

然而，这一切却随着风吹雨打而消逝了。尽管如此，称赞孙权却是他咏史的主要动机，可是，基于他个人的积极性，借咏史以抒怀兼评时事，似乎可能，那么，咏史的意义，可能指向对南宋政局的讥讽这一现实意义了。

再接着：

斜阳草树，寻常巷陌，人道寄奴曾住。

三句，转笔写刘裕。"斜阳草树，寻常巷陌"两句叙述眼前的景象，里面隐含着的凄凉可以从色泽、气氛感受到，情调却与刘禹锡的"朱雀桥边野草花，乌衣巷口夕阳斜。旧时王谢堂前燕，飞入寻常百姓家"（《乌衣巷》）非常相近。在这样冷落无奇的地方，却翻出"人道寄奴曾住"就值得玩味了。原来，刘裕小时候也曾在京口放牛、种地，后来在这里起兵，平定桓玄的叛乱，终于推翻东晋，君临天下，做了皇帝。昔今对比，透出"沧桑"的历史感与"无奈"意绪，此句使上阕的发展脉络一致，其作用于此可见。最后：

想当年，金戈铁马，气吞万里如虎。

三句，对前面的史实作进一步的补充。不过，这些都是在词人的想象里重现的事件。"金戈铁马，气吞万里如虎"两句颂扬寄奴（南朝宋武帝刘裕的小字）北伐的功业。刘裕统率壮大的军队，驰骋中原万里，先后消灭南燕和后秦，并光复洛阳、长安等地，气吞胡虏，威震一时。稼轩心里对这位英雄人物的佩服，是基于地缘上的认同与英雄事业，情况一如孙权。无疑的，它也反衬了南宋的无能与自己的冷漠遭遇。（看来他是颇不愿意只做看守老营房的地方官，他要的是军权，这点正可以从昔日的孙、刘二人与今天的他，在处境上对照中看出。）

从上阕的分析可以知道，稼轩在京口这一历史舞台上重现风流人物，不仅是"怀古"，又是慷慨激昂的情绪流露，他的"无奈"来自昔今的对比，当他回溯京口的过去，是风流人物，炳著的功业；现在，面对南宋的苟延残喘，他不禁要问：孙仲谋能，刘寄奴能，我们为什么不能？可是要苍天回答什么呢？

下阕，咏史兼抒怀，一副英雄失路、满腔悲愤的情怀。并且，由于稼轩将历史与现实结合在一起，错综复杂，丰富了词义。开始三句：

元嘉草草、封狼居胥，
赢得仓皇北顾。

落笔写宋文帝（刘义隆，刘裕的儿子，年号为元嘉）未能继承刘裕的功业，诛杀忠臣，又听从王玄谟的计策，毫无准备的情况下就北伐拓跋魏，结果失败，而后魏的军队乘胜长驱直入长江北岸的瓜步山，威慑都城。宋文帝登石头城，北望敌军的气势，恐惧万分，后来他曾回忆说："北顾涕交流。"（《宋书·索虏传》）可见狼狈与后悔。"封狼居胥"，是指霍去病追击匈奴至狼居胥，封山而还的功勋，自身的威武，加上充分的准备使霍去病完成了历史性的壮举。可是好大喜功的宋文帝刘义隆，没衡量本身的实力，就鲁莽北伐，以满足他的梦想——封狼居胥。结果是"赢得仓皇北顾"，这实在是非常大的讽刺。（可见主战派的稼轩在这里特别慎重从事，强调备而后动。）

历史毕竟是过去的记录，我们重温历史，捕捉过去的片段，原想把它当作一面镜子，希望通过对过去兴盛衰亡的体认而有所启迪，以作为今日应变的智慧泉源。"元嘉草草"已成为历史，稼轩特别提到这段极为讽刺的事件，就是希望对当时谋国者能有所教训，不要让"历史重演"！没想到对于野心家如韩侂胄而言，历史，并没有多大的意义，他藐视历史的镜子作用，不理词人的严重警告，把国家的命运孤注一掷，力主北伐，在用人失当，又措置乖谬的情况下，草草出兵，结果惨败，引起金兵大举南侵，而淮西一带相继沦陷。

稼轩似先知一般地提出严重警告与预言，后来都一一应验了，他还有什么话可说呢？寂寞的先知啊，悲哀的稼轩！

接着：

四十三年，望中犹记、烽火扬州路。

三句，是稼轩回忆一段决定性的往事，里面充满乐观的情绪与胜利的愉悦。四十三年前，他"壮岁旌旗拥万夫，锦襜（chān）突骑渡江初"（《鹧鸪天》），豪气万丈，自山东率领义兵七八千人，并生擒叛徒张安国渡江南归，"金将追之不及"。（《宋史》本传）

"烽火扬州路"，是稼轩登北固亭望扬州的经验回馈。扬州是他率兵过江的地方，当时金主完颜亮正大举南侵，隔江对峙，扬州正是烽火一片。"望中犹记"所透露的一份胜利感，与前面

的"仓皇北顾"的颓败相，形成鲜明的对照。其中有稼轩的自
信（恢复失土的抱负）与无奈（眼看国势积弱，空怀报国之志）。
下面：

> 可堪回首，佛狸祠下，
> 一片神鸦社鼓。

三句，是眼前的景观所触发的历史回顾。"可堪回首"，就是
不堪回首，什么让他如此沉重伤感呢？原来，这时金源虽也渐趋
衰乱，而余威犹在，所以，在佛狸祠下热热闹闹地响起社鼓，与
庙里吃祭品的乌鸦叫声响成一片。

"佛狸"，是后魏太武帝的小字，他击败王玄谟的军队后，乘
胜长驱直入长江北岸的瓜步山，并在山上建行宫，也就是后来的
佛狸祠。如今，在金源的管辖下，热闹地祭祀。稼轩此际目睹现
状，"神州沉陆"（《水龙吟》）的愤慨，教他悲切得不堪回首。此
种心声也在他的《南乡子》一词上阕展露出来：

> 何处望神州？
> 满眼风光北固楼。
> 千古兴亡多少事，悠悠，
> 不尽长江滚滚流。

最后三句：

凭谁问，廉颇老矣，尚能饭否？

直抒胸臆，以廉颇自比。自己虽然老了，但还跟廉颇一样有雄心壮志，可是有谁来关心我、重视我呢？

当时朝廷两派对立，争权夺利，主和者泄沓，主战者鲁莽，老成谋国的稼轩看在眼里，痛在心里。"烈士暮年，壮心未已"的稼轩，虽想"了却君王天下事，赢得生前身后名"（《破阵子》），可是命运并没有给他机会，最后，他只好黯然神伤地走下人生舞台，寂寞地细数往事，慨叹无可奈何的时局了。

【附录】

南乡子　登京口北固亭有怀

何处望神州？
满眼风光北固楼。
千古兴亡多少事，悠悠，
不尽长江滚滚流。

年少万兜鍪（mó），
坐断东南战未休。

天下英雄谁敌手？曹刘。

生子当如孙仲谋！

【语译】

要向哪儿去望神州故土呢？北固楼上满眼尽是撩人的风光。千古兴亡中究竟有多少人事的变迁？天地悠远不尽啊，那无穷无尽的长江依旧滚滚向东流！

年少英勇，拥领万军的孙权，坐断东南半壁的河山，使天下群雄争战不休。他是号称"天下英雄"的曹操、刘备实力相当的敌手。难怪连曹操见了，都忍不住叹道："生儿子就应当像孙权一样啊！"

鹧鸪天

有客慨然谈功名，因追念少年时事，戏作。

壮岁旌旗拥万夫，
锦襜突骑渡江初。
燕兵夜娖（chuò）银胡䩮（lù），
汉箭朝飞金仆姑。

追往事，叹今吾。
春风不染白髭须。
却将万字平戎策，
换得东家种树书。

想起年轻力壮时指挥万兵，在旌旗蔽天的战野上驰骋，骑骏马的骑士们很快地就渡过江水的情景。尽管北方的兵士戒备森严，这边的弓箭还是一大早就飞射过去。

追忆往事，感叹如今的自己。春风啊，再也染不黑花白的胡须了。那些经过呕心泣血写下的、长达万字的平敌策略，只换得东边邻家送来的种树法子而已。

丑奴儿

少年不识愁滋味，爱上层楼，

爱上层楼，

为赋新词强说愁。

而今识尽愁滋味，欲说还休，

欲说还休，

却道天凉好个秋。

【语译】

年轻时总是不能了解真正的愁滋味是什么，常常喜爱登上那层层叠叠的楼阁，为了填吟新词，勉强叹息："悲愁啊！"

如今，谙尽人间的沧桑后，才真正体会到什么是愁的滋味了。可是，当一切了然于心，想说又作罢了。大概只有"天凉好个秋"是最真实不过的感受吧！

姜　夔

（约 1155—1235）

　　一生漂泊江湖，以布衣游于公卿间的姜夔，在南宋词坛上占有极重要的位子。他重视音律，琢炼字句，妙用典故，承袭着北宋周邦彦的精神，但是因为受了苏东坡和辛稼轩的影响，词风方面并不同于周词。邦彦琢炼字句的结果是使得字句的本身工丽精整，而姜夔却着意于格调的清空高逸。

　　姜夔，字尧章，自号白石道人，江西鄱阳人。年幼时跟着父亲出外做官，在汉阳住了很久。他在音乐方面造诣颇深，曾经向朝廷进献《大乐议》《琴瑟考古图》《圣宋铙歌十二章》等，希望能够改正国家的乐典，无奈他没有周邦彦的运气，不仅没有出现识千里马的伯乐，嫉害他才华的人倒是不少，因而竟以布衣终身。他从二十几岁就外出遨游，毕生遍阅湘、鄂、赣、皖、江、浙各地的名山胜水，往来的有当时的名流公卿、雅士骚人，像范成大、辛弃疾、陆游、杨万里、叶适等都跟他唱和过。这或许是他作品里头常有一股清奇之气的原因吧！

　　宋金和议后，偏安的南宋似乎又逐渐恢复到歌舞繁华的景象，稼轩词的悲慨之音再度为雕声琢律的词风所取代，具有"南渡一

258

人"美誉的姜夔，就是此期中的翘楚。他没有功名，过着近乎清苦的生活，但却是一个极懂得人生艺术的文学家。难免寄情声色，啸傲山水的他，少有那种牢不可破的不遇之怨（如柳永），即使有"自作新词韵最娇，小红低唱我吹箫"的风流韵事，但他的用情却非春蚕作茧式的执泥、自苦。所以，有人批评他"情浅"，当然所谓情浅是得自于他词境中清空、幽韵、冷香、疏宕的印象。

姜夔的好句子是颇见功力的，几乎可以信手拈来，像：

嫣然摇动，冷香飞上诗句。（《念奴娇》）

红衣入桨，青灯摇浪，微凉意思。（《水龙吟》）

长记曾携手处，千树压、西湖寒碧。（《暗香》）

二十四桥仍在，波心荡、冷月无声。（《扬州慢》）

这些句子都很经得起再三回味。此外，他还会石刻、书法、作诗，小品文更是了不起（这点从他词作的小序可以窥知），可以称得上是一位全才的艺术家。他的词集名《白石道人歌曲》，简称《白石词》。

【作品】

扬州慢

淳熙丙申至日，余过维扬。夜雪初霁，荠麦弥望；入其城，则四顾萧条，寒水自碧，暮色渐起，戍角悲吟。余怀怆然，感慨今昔，因自度此曲。千岩老人以为有《黍离》之悲也。

淮左名都，竹西佳处，

解鞍少驻初程。

过春风十里，尽荠麦青青。

自胡马窥江去后，

废池乔木，犹厌言兵。

渐黄昏清角，吹寒都在空城。

杜郎俊赏，

算而今、重到须惊。

纵豆蔻词工，青楼梦好，

难赋深情。

二十四桥仍在，

波心荡、冷月无声。

念桥边红药，年年知为谁生？

【语译】

扬州是淮左（按：宋时在淮扬一带设淮南东路和淮南西路，淮南东路称淮左）的名都，竹西亭是个风景绝佳的胜处，我在这儿解下马鞍，稍事休息。春风拂过远近十里地区，全是荠麦青青的良田。自从金人渡江南侵，掳掠一番去后，美丽的池榭台阁都荒废了，只留下一些默默无语的大树，仿佛还厌倦重提着兵火的憾事。渐渐暮色来袭，悲凉的画角声在这座空寒的古城上悠悠回荡着。

杜牧曾经很爱这个地方，就算今天他能够重临故乡，也一定忍不住心惊。纵然他"豆蔻梢头二月初"的句子写得那么工巧，"赢得青楼薄幸名"也曾是一场好梦，可是他的才华也难以表达我这时悲怆的深情了。倒是二十四桥仍然存在，波光摇荡中，冷月暗默无声。忽然想起桥边灿丽的芍药花，年年岁岁，究竟为谁而开呢？

【赏析】

根据《扬州慢》的小序可以知道，本词是写于宋孝宗淳熙三年（1176），当时姜白石二十多岁。然而，其中却蕴含着强烈的怀古伤今情调、悲悯情怀与民族意识，由此看来，作者并非泛泛的江湖旅人，而是关怀时事的歌者。

南宋自高宗建炎二年（1129）、绍兴三十年（1160）、三十一年以来，金兵屡次南侵，中原板荡，扬州城首当其冲，情况更为严重，到处萧条，一片残破。白石在他的征途中小驻扬州，触目惊心，想到扬州过去的辉煌，令他无限感伤。当然，他对苦难的百姓表示关怀，对当局的苟延残喘也极为愤慨。

从词的结构来看，上阕写即临的景象，透过情境的对比，除了反映扬州的萧条城容之外，也有股强烈的政治嘲弄意味。下阕抒情，以人物的对比：承平之世的风流杜牧与乱世沦落的忧愁姜夔，造成深切的感慨与无奈感。

上阕开始三句：

淮左名都，竹西佳处，解鞍少驻初程。

叙述扬州的繁华迷人，并点出江湖旅人对她的向往。"淮左名都"，说明了扬州在全国的特殊地位，"竹西佳处"，凸显了竹西寺在扬州的特殊形象。"解鞍少驻初程"，写出词人拜访名城的意愿，在长远的征途上，他作了短暂的停留，无非想一窥扬州的风采与竹西寺的幽媚。也许，走进历史，重会过去的辉煌，恐怕才是他所向往的。接着：

过春风十里，尽荠麦青青。

两句，写扬州当前的凄凉景象，以反衬过去的繁荣。"春风十里"，语出杜牧《赠别》诗句："春风十里扬州路，卷上珠帘总不如。"可是杜牧写的是扬州的旖旎风光，而白石写的却是"城春草木深"（杜甫《春望》）的破败景观。"十里""荠麦"是眼前的扬州景象，词人有意借此来跟杜牧诗中的"扬州"对比，以造成无限的感慨。其中，有伤今，有怀古。词人叹息中原沦落，山河破碎；更借杜牧诗句推出那座想象中的扬州繁荣城容。在昔今盛衰的情境里，透露词人深切的慨叹。南宋王朝残喘江左，任人蹂躏是事实，扬州的繁华城容也因金兵屡次南侵而破坏殆尽，眼前只是一片野生荞麦，这更是事实。千岩老人萧德藻以为《扬州慢》"有《黍离》之悲"，正因为他展现了《黍离》的主题原型，流露了读书人对国事的关怀与对百姓的同情。现在让我们先看看《诗经》的《黍离》诗，或许会有助于我们对上述情愫的了解。所以，我们把它录在这里：

彼黍离离，彼稷之苗。

行迈靡靡，中心摇摇。

知我者，谓我心忧；不知我者，谓我何求。

悠悠苍天，此何人哉！

彼黍离离，彼稷之穗。

行迈靡靡，中心如醉。

知我者，谓我心忧；不知我者，谓我何求。

悠悠苍天，此何人哉！

彼黍离离，彼稷之实。

行迈靡靡，中心如噎。

知我者，谓我心忧；不知我者，谓我何求。

悠悠苍天，此何人哉！

《诗序》云："《黍离》，闵宗周（按：即镐京，幽王乱国，宗周灭。平王东迁,周室衰微)也,周大夫行役,至于宗周,过故宗庙宫室,尽为禾黍。闵周室之颠覆,彷徨不忍去,而作是诗。"换句话说,《黍离》的主题意识就是伤乱。透过三章的复沓手法,把作者的悲悯情怀,淋漓尽致地呈现出来。白石这阕词的感情基调与《黍离》一致,充分显示中国知识分子悲悯情怀的根源,所以,当作者面对扬州"荠麦弥望""四顾萧条"而"怆然",任何读者看来都会感慨万千的。再接着:

自胡马窥江去后,废池乔木,犹厌言兵,

三句,写兵燹后的情景。前两句承上述的破败景观,进一步谈金兵劫后的惨状,固然南宋还是存在,可是扬州已面目全非,城容萧条极了。目前只剩下荒废的池榭台阁,默默无语的(杂生)大树。"犹厌言兵",写出劫后余生的老百姓对兵难的恐惧与厌恶心理。不过作者并没直说这层意思,他借着"废池乔木"的"犹厌言兵"来反衬人们对敌人蹂躏的憎恶感。显然地,这是拟人化的表现,作者赋予无知无觉的"废池乔木"以生命和情感,并由它们表示"惨烈战争"的观感。如此说来有知觉、有生命、有情感的人类,势必要饮恨无穷,悲愤至极了。陈廷焯《白雨斋词话》云:"'犹厌言兵'四字,包括无限伤乱语,他人累千百言,亦无此韵味。"的确,白石这三句真是曲尽其妙地反映劫后余生的微妙心理。最后:

渐黄昏清角，吹寒都在空城。

两句，再进一层描绘扬州的萧条状况。空城清角，反衬出周遭的沉寂，并暗示金兵的威胁未除。本来，扬州是"淮左名都"，并有"竹西佳处"，它是大会，也是歌舞喧嚣的城市；如今，却是一座"空城"，而且黄昏时，"戍角悲吟"，在"空城"回荡着。"扬州"的昔今对比，不仅释出了"名都"兴盛衰亡的命运，也对南宋作了最深刻的嘲弄。

下阕，融化杜牧诗意，怀古伤今，开始两句：

杜郎俊赏，算而今、重到须惊。

转写个人对劫后扬州的感受。在传统文学家之中，与扬州关系最密切的要算杜牧，他曾说："落魄江湖载酒行，楚腰纤细掌中轻。十年一觉扬州梦，赢得青楼薄幸名。"（《遣怀》）但，杜牧所看到的扬州是"春风十里扬州路"，是热闹繁华的名都，要是让他现在重游扬州，目睹这萧条状况，他一定会吃惊不已。

白石以杜牧的观点来暗示自己的类似看法，除了借古道今的意味外，可能想由杜牧的见证，来揭示沧桑之感。不过，我们愿意指出，除了上述地缘关系之外，这是作者与杜牧（在生活、际遇与生命态度）的认同所导致的。白石落魄江湖，常以杜牧自比，譬如在《鹧鸪天》，他曾自白："东风历历红楼下，谁识三生杜牧之。"在这里，作者有意以人物的对比（牵涉环境背景），以表示他的深切感慨与无奈。"惊"字，一字点出词人设身处地，推想杜牧的心理，其实也道出了他的心理震撼。接着：

纵豆蔻词工，青楼梦好，难赋深情。

三句，承上而来，以杜牧的才华"难赋深情"，反衬自己的"沉痛"。"豆蔻""青楼"，分别出自杜牧的《赠别》与《遣怀》两诗。这里是用来形容他的诗歌才华与意趣。但作者更进一步地指出以杜牧的诗歌才华与意趣，也不容易写出他此时悲怆的深情，何况白石自己，怎能传达于万一呢？这"深情"当然是白石的亲身体验，极为沉痛，但是他不说出，反而由杜牧的"难赋"反衬，其悲情更加可见。再接着：

二十四桥仍在，波心荡、冷月无声。

两句是写眼前的景色。"二十四桥"依旧，但人事全非，使词人不忍卒睹。"荡"字响亮，声音生义，不仅点出夜景的"静中有动"，同时也反映不夜城扬州的当下寂寥荒凉。"冷月无声"是劫后扬州的凄凉夜景，补述"空城"的实际现况，也突出了扬州城的萧条。与过去的扬州城相比，月亮出来（良辰美景）正是舞榭歌台喧闹一片的时候，而现在，凄凄清清，真是不堪回首。

词人从"黄昏"到"月出"这段时间，都在览迹，都在怀古，也都在伤今。当他想象历史上的繁华扬州城容，禁不住为目前的景象悲叹。而这一悲叹却透过"无声"的"冷月"来诉说，可见这"无声"之言真耐人寻味了。最后：

念桥边红药，年年知为谁生？

两句，与杜甫《哀江头》"江头宫殿锁千门，细柳新蒲为谁绿"的沉痛心声同出一辙。词人在高涨的伤乱情绪下，截情入景，可是景中仍然饱含苦闷的情绪。芍药花虽然年年盛开，可是没有人来欣赏，这些花儿到底又为谁而生长呢？这一句正好遥接"荠麦青青"，共同强调"黍离之悲"这一情绪。毫无疑问地，也同时刻画了空城的寂寞与萧条。

姜白石在宋孝宗淳熙三年冬至日，叩访扬州城，没想到劫后的名都是如此的残破凄凉，这倒是出乎意料的，因此，他怀古伤今，表现他的悲悯情怀与民族意识。就这点看来，他的确是位关怀时事的歌者。

【作品】

点绛唇

丁未冬，过吴松作。

燕雁无心，太湖西畔随云去。

数峰清苦，

商略黄昏雨。

第四桥边，拟共天随住。

今何许？

凭阑怀古，

残柳参差舞。

【语译】

天边悠闲得仿佛没有任何心事的北方雁儿，从太湖西畔，从容地随着白云飞去。周围的群山却容色清苦，大概商量着要洒下一场黄昏细雨。

真希望能在甘泉桥之旁，和自己心仪的天随子（陆龟蒙）比邻而居。如今的情景又如何呢？只能凭倚栏杆，空对着一天漫舞的残柳，默默怀忆古老的过去罢了。

【赏析】

这是一阕典型的山水词，篇幅短小，意义却极为深长，其中，有作者的生命态度，有吊古伤今的情调，张炎说："姜白石词如野云孤飞，去留无迹。"（《词源》）像这阕《点绛唇》就是最好的例证。

本词是在宋孝宗淳熙十四年（1187）作者路过吴松时所作，当时约三十多岁。从中国诗史上看，白石是属于南宋的江湖派诗人。在功名上他算是失败者，于是游谒江湖，啸傲山林，以布衣游于公卿之间。但他是否从此不关怀时事呢？这恐怕值得探讨。从二十多岁写的《扬州慢》，到三十多岁写的这阕《点绛唇》，都说明了他"闲云野鹤"生命态度的另一面，"悲悯情怀"，这一面目的了解非常有助于我们对白石的认识。当然对进入本词世界，多少也有些启迪。

上阕，开始两句：

燕雁无心，太湖西畔随云去。

随手拈来，写天上的云雁，透露自然的情趣。"燕"字有两解：一指燕子；一指地名，即幽燕之燕，如此说来"燕雁"即自北方南来的雁。它们都是秋冬出现的鸟禽，所以两说都被接受，但，我们以为从第二种说法，解为"雁南飞"，则可能比较贴切，因为下句"云"字，对它长远飘浮的属性而言，似乎只有"雁"才能相配，也因此才能前后呼应并烘托出"自由自在"这一生命态度。

"无心"，指鸿雁飘飘天地间，行其所当行，止其所当止，行止随机缘，动静本任意。"太湖西畔随云去"，道出"鸿雁"的逍遥适性，"随云去"三字点出鸿雁的个性，使"闲云野鹤"的情调贯注两句之中。这与陶渊明"云无心以出岫，鸟倦飞而知还"（《归去来辞》）的生活情调，极为相似。姜白石游荡江湖，浪迹天涯的生命态度正如目前"随云去"的"鸿雁"。所以，这两句虽写景，而景中有情思；虽写鸟，而正关乎自己。不过，这层言外之意很不容易体会得到，因此，经常被读者放过。接着：

数峰清苦，商略黄昏雨。

两句转笔写地上山峦，而色泽、气氛上也迥异前两句。申言之，前两句明朗，这两句阴暗；前两句逍遥，这两句悲苦。其实，它正是白石矛盾心态的投射。作者借景寓情，来暗示其内心出世入世的挣扎。因此，这两句的情调是极为主观的。就场景而言，它只是作者眼前雨意浓酣、垂垂欲下的江南烟雨风景。但说它们"清苦"，设想它们在"商量、酝酿"，这完全是作者感情误置的结果，换句话说，他移情将"数峰"拟人化了。

一片风景，一种心情。看来，"清苦"不只是"数峰"的郁郁苍苍，"黄昏雨"也不只是江南风烟，它何尝不是白石郁暗心绪的表露？

下阕，结构上与上阕相同，不过，作者更深一层地道出他的感伤情怀。开始两句：

第四桥边，拟共天随住。

叙述他所憧憬的隐逸生活。由人物——"第四桥"与"天随子"——经营出隐逸世界。"第四桥",在吴江城外。范成大《吴郡志》云:"松江水在水品第六,世传第四桥下水是也。桥今名甘泉桥,好事者往往以小舟汲之。"(卷二十九)这里是指隐居的地方。"天随",即天随子。唐陆龟蒙自号天随子,宅在松江上甫里,时放扁舟,挂篷席,安置束书、茶灶、笔床、钓具,游于江湖间。白石在他的诗篇里经常以陆天随自比,可见他内心对隐逸的向往。在这里,"拟共天随住",进一步地道出了他的心愿。接着:

今何许?

一句,突如其来的诘问,有人认为是对上述隐逸向往所作理性求证。在诘问的同时,他觉识到天随子早已不在,隐逸的梦想也因此幻灭。但若从脉络上来看,那么,此句与下句连接一起,意义可能较为深刻。在面对上述隐逸梦想同时,他突然问自己:"今世何世?"无疑地,他也透露了内心的矛盾。最后:

凭阑怀古,残柳参差舞。

两句,若就第一种说法,则是神往天随子的为人,与自我无牵绊的心境反映。可是,若从第二种说法,则为入世关怀时事的心情写照。陈廷焯《白雨斋词话》云:"《点绛唇》一阕,通首只写眼前景物,至结处云:'今何许?凭阑怀古,残柳参差舞。'感时伤事，只用'今何许'三字提唱，'凭阑怀古'下，仅以'残柳'五字咏叹了之，无穷哀感。都在虚处；令读者吊古伤今，不能自止，洵推绝调。"（卷二）就是从寓意文学的观点而作的推测。这使得本词的意义更为丰富、更为深刻。

"怀古"情怀，当然是在入世态度下所触引的遐思，不过，正好反衬南宋国势阽危，人心惶恐的政治现状。里面有情境的暗比，有淡淡的嘲弄意味。"残柳参差舞"，是导情入景的句式，它叙述了冬天的萧条景象。"残柳"的感情基调，与上阕的"清苦"，正复相同，是白石感情投射的结果。其实，它也可能暗示"时事"的现况，因此，饱含无限的哀感，读来自有一股淡淡哀愁泛涌心田。

【附录】

暗香

辛亥之冬，余载雪诣石湖，止既月，授简索句，且征新声，作此两曲。石湖把玩不已，使工妓隶习之，音节谐婉。乃名之曰：《暗香》《疏影》。

旧时月色，
算几番照我，梅边吹笛。
唤起玉人，不管清寒与攀摘。
何逊而今渐老，都忘却、春风词笔。

但怪得、竹外疏花，香冷入瑶席。

江国，正寂寂。

叹寄与路遥，夜雪初积。

翠尊易泣，

红萼无言耿相忆。

长记曾携手处，千树压、西湖寒碧。

又片片、吹尽也，几时见得？

【语译】

月色和往常一样，算来曾有多少次照着在梅树下吹笛子的我呢？那位如玉的女郎，曾与我冒着清寒共摘梅花。现在爱梅的何逊已逐渐老去，几乎忘却当年赏恋春风的词笔了。有时候，猛然诧异，竹林外几株疏落的梅花，竟悄悄把清冷的香气送入我的座席边。

想江畔的家乡此时正一片沉寂，夜雪初积的时刻，不免感叹路遥难寄音书。对着绿酒容易黯然下泪，那无言的红梅更惹人恒久的忆念。我永远记得曾经和她携手同行的地方，西湖孤山的千树压满香雪，映在水里，有一种奇寒凝碧之感。眼前的梅花又被风片片吹落下来，总有凋尽的时候吧？此情此景，几时才能再见呢？

疏影

苔枝缀玉，

有翠禽小小，枝上同宿。

客里相逢，帘角黄昏，

无言自倚修竹。

昭君不惯胡沙远，

但暗忆、江南江北。

想佩环、月夜归来，

化作此花幽独。

犹记深宫旧事，

那人正睡里，飞近蛾绿。

莫似春风，不管盈盈，

早与安排金屋。

还教一片随波去，

又却怨、玉龙哀曲。

等恁时、重觅幽香，

已入小窗横幅。

【语译】

　　长着苔藓的梅枝上开满白色的花蕊，就好像缀着点点碎玉，有一双小小的翠鸟，亲爱地同栖在枝桠间。竟然有幸与她（指梅花）在客地相逢，黄昏里，她倚着帘角的竹丛默默沉思。昭君想是过不惯远地胡沙的生活，只能暗中怀忆江南江北的秀致风光。假如她魂魄自月下归来，身上的环佩叮叮作响，一定会化成这些既幽雅又孤独的梅花。

　　还记得那个深宫里的韵事，南朝宋武帝的公主正在睡梦中，梅花轻轻飘上她的额头，女郎们都争相模仿哩！别像那无情的东风，不管佳人满怀情意，可要早早安排金屋来迎娶啊。要是让一切随波流去，恐怕又得回头吹奏那哀怨的《玉龙曲》。到那时，即使想再重觅梅花的幽香，怕早已飘入小窗的横幅里了。

史达祖

（约 1160—1210）

史达祖，字邦卿，号梅溪，汴京（今河南开封市）人。年轻时曾经考进士不第，后来依附当时权相韩侂胄，成为他的亲信，主掌文书，颇有权势。等到韩侂胄垮台，达祖受牵连被处黥刑，最后死于贫困中。

尽管史达祖的人格有缺陷，但无可否认的，他的词作的确也有独到之处。某些词话家把他与姜夔、吴文英并称，更有比之于周邦彦的。他擅长写咏物之词，好用典故，这点与白石很相似。常以白描手法极写细节处，很是尖新、巧丽。至于缺点方面，也许力求尽态极妍的结果，反而削弱了意境与气骨的呈现，带有一种不太自然的富贵气息。

他的词集名《梅溪词》。人品胜过他多多的姜夔倒是颇能称赏史达祖的作品，曾在《梅溪词》的序里说："其词奇秀清逸，有李长吉之韵。盖能融情景于一家，会句意于两得。"在这里，似乎又带给我们一个"不以人废言"的启示。

【作品】

双双燕　咏燕

过春社了，度帘幕中间，

去年尘冷。

差池欲住，试入旧巢相并。

还相雕梁藻井，

又软语、商量不定。

飘然快拂花梢，

翠尾分开红影。

芳径，

芹泥雨润。

爱贴地争飞，竞夸轻俊。

红楼归晚，看足柳昏花暝。

应自栖香正稳，

便忘了、天涯芳信。

愁损翠黛双蛾，

日日画阑独凭。

【语译】

　　过了春社的节气，燕子们从帘幕间飞进飞出，去年筑过巢的地方，满布灰尘怪冷清的。有一些羽毛还很参差不齐，也试着想要一起进入旧巢。它们好像在细细观察，那雕花的屋梁和画有水藻花纹的天花板是否如故，不断呢喃地商量着。不一会儿，又轻快地拂过花枝的顶端，翠丽的尾巴好似将红色的花影给剪开了。

顺着长满芳草的小径望过去，水边的芹草被雨水润得潮潮泥泥的。那燕儿喜爱贴地争飞，相互夸示自己多么轻俏俊美。等它们回到红楼里的窠巢，时间已经很晚了，大概也看足了昏黄暮色里的绿柳红花吧？想它们正在香巢中睡得甜甜，忘了给闺中人传达天涯捎来的讯息，而那位因为忧伤过度、愁损眉目的伊人啊，还是每天孤独凭栏远眺着。

【赏析】

这是一阕咏物词，对象是春燕，作者采取客观的叙述观点，写来形神俱妙，颖奇非常。黄昇云："形容尽矣。"(《花庵词选》)王士禛亦云："仆每谈史邦卿《咏燕》词，以为咏物至此，人巧极天工错矣。"(《花草蒙拾》)可见本词的造诣。

就词的结构看，上阕写燕子来临，大地春回；下阕写燕子轻巧飞舞，逍遥自在，而触惹高楼女子的孤独寂寞。

上阕开始三句：

过春社了，度帘幕中间，去年尘冷。

写大地春回，燕子从南方飞来，穿过重重帘幕，寻找旧巢，由于去年筑过巢的地方满布灰尘，冷冷清清的。"春社"为祈谷之祭，节日选在立春后、清明前。"春社过了"，点明时间，并暗合燕子在春社时来临的自然规律。"度帘幕中间"，写燕子重寻旧巢的苦心。（这种念旧意识，可能是触惹下阕高楼女子寂寞孤独的因素之一。）"去年尘冷"，反映了别后窠巢给它的一份冷漠感，也可能暗示昔今人事的沧桑：去年的温暖，现在的冷漠。接着：

差池欲住，试入旧巢相并。

两句，写双燕飞入（尘冷的）旧巢时"要不要住"的抉择心理，"试"字，反映燕子怯生生的模样，极为传神。"旧巢相并"，点出这对燕子相扶持，追求幸福的努力。再接着：

还相雕梁藻井，
又软语、商量不定。

两句，承上而来，进一步刻画这对燕子端详周遭环境，寻求稳定的神情。"相"是细看的样子，表现了双燕在梁上小心翼翼、探头观察的模样。"雕梁藻井"指华屋的内部装饰，不仅呼应前面"度帘幕中间"一句，同时也说明了燕子喜住华屋的习性。"软语"是温柔交谈，这里是形容双燕的呢喃声，淋漓尽致地道出这对燕子幸福快乐的处境。"商量不定"除了表示它们的亲密细语之外，也描述它们对窠巢的多方考虑。这种心理从"试""还""又"，一层一层写来，充分显示这对燕子创造幸福、维护幸福所付出的努力，要不是作者的观察入微，怎能有如此细致传神的描写呢。

最后两句：

飘然快拂花梢，翠尾分开红影。

叙述这对燕子在旧巢安定下来后，自由自在地快拂林梢、穿梭花丛的惬意神态。"飘然快拂花梢"，写飞翔的快速与得意；"翠尾分开红影"，写得意中的俏皮，它宛如一把绿色剪刀，将红色的花影给剪开了。这点自然景观，写得太细腻，也太有趣了，真教人叹为观止。

下阕牵涉燕子与人的关系，情况复杂，意义曲折，然而表现得自自然然，十分耐人寻味。

开始四句：

芳径，
芹泥雨润，
爱贴地争飞，竞夸轻俊。

前两句写燕子衔泥，与杜甫《徐步》一诗的"芹泥随燕嘴"，情况相似。"芳径"既写外在景象也隐含春光。"芹泥雨润"从嗅觉与视觉写春天景象，特别从燕子的观点来写，为燕子衔泥提供场景；同时反衬春雨绵绵的江南景致。"爱贴地争飞"有两种说法：一为"天阴欲雨，燕子贴地而飞。"（这可从俗谚："燕子擦地飞，出门带雨衣"去印证。）一为"承上句'芹泥雨润'而来，写雨后长香芹的泥土都松软了，燕子便忙着衔泥筑新巢"。"竞夸轻俊"，把燕子活泼轻巧的身手和盘托出。燕子的飞翔，不管衔泥或者嬉戏，都是那么轻盈，眼看它举翼高飞，又忽地平翼滑翔，切过地面，又出人意外地窜升，真是神乎其技了。作者轻轻点染，可是言有尽而意无穷，我们不难从想象去捕捉上述的言外之意。

接着：

红楼归晚，
看足柳昏花暝。
应自栖香正稳，
便忘了、天涯芳信。

四句，一气呵成，极尽巧思。前两句点出燕子的得意。"归晚"与"看足"是互为因果的词句，换句话说，燕子的晚归，是因为想把美妙的春光瞧个够。"柳昏花暝"是写黄昏时分的景色。

冠上"看足"两字，强调了燕子将归未归，乐而忘返的高涨情趣。要不是天"晚"了，恐怕它是不会有归巢的念头的。

后面两句溜入叙述者的猜测（敢情燕子在香巢睡得很甜，就忘了给闺中人传递远方的讯息），不过，它是暗合"燕子为思妇传书"的故事原型。（见《开元天宝遗事》）当词人目睹燕子燕尔，温馨的情境，不知不觉地想到这上面去，这是极自然的联想。其实，这两句正反映了燕子出则双飞、入则共憩的融洽情况。

最后：

愁损翠黛双蛾，日日画阑独凭。

两句，写美人独凭画阑念远的愁苦之情，与前面燕子双飞双宿的景象造成强烈的对比。这情景与冯延巳的"泪眼倚楼频独语，双燕来时，陌上相逢否"（《蝶恋花》）同出一辙。

当这位美人面对此种情境时，她不仅"愁损翠黛双蛾"，而且有连燕子都不如的慨叹。可是，她不会就此罢休，她要等待，"日日"两字刻画出她的迷惘与执着。

从脉络上看，最后两句是循"应自栖香正稳，便忘了、天涯芳信"的故事原型而来，但，由"燕子"而涉及"美人"心事，巧妙地结合，使主题意识由"咏物"转入"抒情"，因此，读来便有情韵无限的感觉，这未始不是神来之笔。胡云翼在他的《宋词选》中说："除了描写技巧以外，也就没有别的什么可以称道的了。看起来辞藻太华丽，韵味发泄无余，格调不高。"

这种见木不见林的看法，未免褊狭了些。咏物词难写，这是公认的，史达祖的《咏燕》能有如此的成就，我们应当给予客观的评价，如此，才不失评论者的学术诚意。

吴文英

（宋理宗淳祐年间）

　　一辈子没有做过什么官，却也算不上隐士的吴文英，字君特，号梦窗，晚年又号觉翁，四明（今浙江宁波鄞州）人。有关他的生平资料非常有限，只知在宋理宗绍定年间，曾入苏州仓幕，后来受丞相吴潜赏识，与史宅之、贾似道这些当时的权贵有过往来，但实际的生活似乎并不如意。

　　历来词评家对吴文英的作品也是褒贬参半。如果我们撇开主观的优劣论不谈，而着眼于他词作的特色来看的话，那么至少有两点是极突出的：一个是他常以时空错综的手法组织成篇，另一个是他糅合高度想象于现实的措辞，往往超越理性习知的范畴。这种表现手法显然也形成他注重协律炼字、典雅、委婉、含蓄的奇丽风貌，而能于工丽的周邦彦与清空的姜夔之外，别开生面，自成一格。

　　张炎《词源》云：

　　吴梦窗词如七宝楼台、炫人眼目。拆碎下来，不成片段。

上句真能说中文英词的要害，不过下句说的，恐怕就要我们费点心思去细细玩索了。以下选析两首他的名作，或许可以略窥梦窗词的成就到底如何。

【作品】

八声甘州　灵岩陪庾幕诸公游

渺空烟四远，是何年？

青天坠长星。

幻苍崖云树，名娃金屋，残霸宫城。

箭径酸风射眼，腻水染花腥。

时靸（sǎ）双鸳响，廊叶秋声。

宫里吴王沉醉，

倩五湖倦客，独钓醒醒。

问苍天无语，华发奈山青。

水涵空、阑干高处，

送乱鸦斜日落渔汀。

连呼酒，上琴台去，秋与云平。

【语译】

长空万里云烟，四望辽远苍茫，是什么时候从青天坠下一颗大星，化成苍莽的山崖与入云的丛树？如今在霸业早已残破的吴宫里，仍然可以窥见昔日馆娃宫的遗址。灵岩山（今江苏苏州吴

285

中区西二十余里处）前十里的地方，有一道采香径，斜横如卧箭，步行其间，常常会被带着酸气的风射痛了眸子，旁边的小溪更不知染和了多少西施的残脂剩粉，响屉廊上落叶纷飞，秋声飒飒，似乎夹杂着鸳鸯绣鞋走过的音响。

想那宫中的吴王（夫差）正自沉沉大醉，唯有那托身五湖的人间倦客范蠡，独自清醒地垂钓着。我细问苍天，它永远默默无语。日渐花白的发丝，怎么能和长青的山色去比呢？连绵无垠的水域，似乎要把穹苍都涵吞了，站在栏杆高处，只见拍荡的水波，逐渐把乱鸦斜日送上渔人捕鱼的沙洲。怆然心惊中，不禁连连叫来酒菜，呼朋引伴登上琴台，四望眼前好一片秋色，正共云天无际呢！

【赏析】

这是一首充满着奇情壮彩的怀古感今之作，很能代表吴词典丽幽逸、收纵自如的特色。

上阕起句："渺空烟四远，是何年、青天坠长星？"气象辽阔，古往今来的时空，一下子仿佛全部融汇于其间。而夐辽的时空复由眼前景致的衔引产生错综的变化："幻苍崖云树，名娃金屋，残霸宫城"，许是千万年前的殒星落石成山，如今在一片苍崖云树的悠寥中，仍可辨识昔日的兴废沧桑，想当年此地正是缤纷华艳的馆娃金屋，曾几何时，只留得令人不忍卒睹的残破宫屋，固一世之雄的夫差，而今安在哉？

文英的词常喜时空交错，任凭感性的触须恣意蔓缠于过去、

现在与未来的甬道中。好比前面讲的虽以此时此地为背景，却杂
糅着历史变幻的轨迹。接下来的几句尤其把这个特点发挥到极处：
"箭径酸风射眼"，直写当下即临的感受，"腻水染花腥"的"腥"
可指花香，亦可暗指战地的血腥，因此它的含义是双重的。而
"时靸双鸳响，廊叶秋声"更是出入古今，交糅虚实，融想象于
现实，如此的"现代"笔法竟然在吴文英的笔下运用得这么自如，
真令人惊叹。单是这两句，就写尽了"物是人非事事休"的伤惘
了，有美丽，也有哀愁。

下阕的"宫里吴王沉醉，倩五湖倦客，独钓醒醒"，直接再跳
接过去的历史与传说。"问苍天无语，华发奈山青"，承袭上面"独
钓醒醒"的意识而来，却转折出一片时不我予的无奈之情。接着
"水涵空、阑干高处，送乱鸦斜日落渔汀"，既实写眼前景致，也
隐喻自己日暮苍茫的心情——当然是借着一脉而下的吴王兴废的
故事，来传诉当今南宋国事的伤残，是以有一股哀飒的气息。最
后的"连呼酒，上琴台去，秋与云平"，似乎有一种强颜作乐的悲
哀流荡其间。整个天地都已为秋意所笼罩着，极目天涯，神游古
今的结果竟是宜醉、宜游的淡然。这不是读书人的一大悲哀吗？

【作品】

唐多令　惜别

何处合成愁？

离人心上秋。

纵芭蕉不雨也飕飕。

都道晚凉天气好，

有明月、怕登楼。

年事梦中休，

花空烟水流。

燕辞归、客尚淹留。

垂柳不萦裙带住，

漫长是、系行舟。

【语译】

怎样才合成一个"愁"字呢？那是满怀离愁的人心上加着秋意。纵使没下雨，芭蕉树也飕飕作响，发出凄凉的声音。大家都说晚凉天气真好，可是，有明月的时刻，我却最怕登楼，徒惹伤感。

所有的华年往事在梦中也渐渐休止了，落花早已无踪，只有那如烟的流水仍然不断流逝。飘泊的燕子，都一一回归了，而作客他乡的我却还苦苦滞留。依依的垂柳啊，是留不住伊人的芳迹的，它老是空费心思系住云游无定的行舟。

【赏析】

吴文英此阕《唐多令》真是毁誉参半，陈廷焯的《白雨斋词话》说它近乎油腔滑调，是吴文英最差的作品；而张炎的《词源》则云："此词疏快，却不质实。"以他论词主张"清空则古雅峭拔，质实则凝涩晦昧"的标准来看，显然是赞赏这首作品的。我们所以选析它，主要的用意在于显现吴文英词作的不同风貌。

"何处合成愁？离人心上秋"，只可神遇，不能斧凿。第一次读到这样的"字喻法"，很少人不以为是绝妙好词的。此句正是词心所在——心、秋合聚，即离人"愁"之缘起。客中送别衬以即临秋景，无怪乎万种情愁呼之欲出了。

蒋坦《秋灯琐忆》名句云："是谁多事种芭蕉？早也潇潇。"

写活了牵藤扯蔓的无聊心绪，和文英的"纵芭蕉不雨也飕飕"，同是比肩齐步的愁怅情怀。芭蕉的潇潇飕飕，本是自然景态，直是干卿底事？问题就在于有情离人的移情作用，使得芭蕉生发万种凄凉，以致触目尽成岑寂萧瑟之姿矣。

"都道晚凉天气好，有明月、怕登楼"，造语看似平浅，其实立意深宛。一方面是见盛观衰，另方面是怕惹起对往日团聚而今星散的感伤。游子们望月怀想古今一同，尤其面对皓皓明月，怎不兴"不应有恨，何事长向别时圆"的怅惘？登楼的结果完全可以想见，那又何苦？不登楼呢，其实不见得就能挣越愁城，怕登楼只是一种无可奈何的矛盾之情罢了。

"年事梦中休，花空烟水流"，此句对得非常神巧。世事如真似幻，人生犹似大梦一场，一切都将梦云飞散，水流花空，谁知我们此生两眼紧闭的一刹那，不是正从另一个渺远的世界悠然醒来？韶光的流逝中，不管你觉或不觉，一定的事实与终结都必须被接受。当人还能知觉、感觉生命不是用来蹉跎的时候，他却也不一定能够率性随心而为——比方说"燕辞归、客尚淹留"，你能对冥冥生命里一只看不见的巨掌施予什么样的影响呢?

"垂柳不萦裙带住,漫长是、系行舟",垂柳依依何尝系得行人住?系住行舟的理应是繁琐的人事关联。人间多由于春梦的难圆、索名逐利的艰苦,加上大江东去的年光,而构筑成怨离伤别的触感。垂柳何辜?竟成为词人怨尤的对象,透过纸背,我们不难看出是词人借着外在的景物,在那儿自嗟自叹、兴愁作怅。但是,由于他写得宛曲、隽永,所以,读着读着,我们竟也不禁叠合了自己的经验与遭遇,而为之低回、为之神夺呢!

【附录】

齐天乐　与冯深居登禹陵

三千年事残鸦外,无言倦凭秋树。

逝水移川,高陵变谷,那识当年神禹。

幽云怪雨,

翠葑(píng)湿空梁,夜深飞去。

雁起青天,数行书似旧藏处。

寂寥西窗坐久,

故人悭(qiān)会遇,同剪灯语。

积藓残碑,零圭断璧,

重拂人间尘土。

霜红罢舞,

290

漫山色青青。

雾朝烟暮，

岸锁春船，击旗喧赛鼓。

【语译】

暮色里残鸦苍茫，三千年的旧事早已在苍茫之外。这期间，流水改道、高陵变成低谷，连当年神禹的功迹也无法辨认了。犹记得禹庙的横梁，每至风雨之夜，常化神龙飞去，与镜湖之龙相斗，回来后还可以发现上头水草淋漓的痕迹。青天飞过群雁，排列有如一行行的文字，似乎指出禹穴藏书的位置。

在寂寥的西窗下，与难得一见的故人剪灯共话衷肠，也不晓得究竟坐了多久。谈起白天在禹陵所见的积藓残碑和断裂零落的古玉，好不容易让我们重睹珍稀，为它们拂去人间岁月的尘土，不禁满怀的怅惘。想那冬去春来的时分，再也没有漫山红叶在寒霜中飞舞，取而代之的该是青青的山色以及雾朝烟暮、春水绿波吧？在玄想的恍惚中，竟呈现一片画旗飘飘、赛鼓争鸣、舟船竞渡的庙会场面来。

浣溪沙

门隔花深梦旧游，

夕阳无语燕归愁，

玉纤香动小帘钩。

落絮无声春堕泪，

行云有影月含羞，

东风临月冷于秋。

【语译】

眼前这一扇门隔着幽深的花林，它总让我在梦中追忆昔日多情的交游。夕阳默默西下，归来的燕子似乎披载着一身的惆怅。想伊人的纤香玉手啊，曾经轻轻拉动这个熟悉的小帘钩……

零落的花絮，静悄悄的，连春神也要为之感伤堕泪吧？月儿被飘游的云朵的影子掩住了，有点羞赧的意味。在这样凄清的夜里，吹来的即使是东风，也令人觉得比秋天还要冷寂。

蒋 捷

（宋、元之间）

　　一个人的品德与学问一向很难一致，亲身经历改朝换代的蒋捷，在人格方面所受到的美评早已盖棺论定，但是他的词作却难有确论。

　　蒋捷，字胜欲，江苏宜兴人。宋恭帝德祐年间进士，亡国以后，下定决心不出来做官，隐居在竹山，故号竹山。有关他的生卒年现在不能详定了，如果以三十岁中进士来推算的话，那么他大约生在宋理宗淳祐初年，卒于元成宗大德年间，年五十余。

　　他的词集名《竹山词》，题材多样，作品的风格不局限一隅，既有亡国者的哀愁，也有沧桑阅尽后的恬淡。他的想象丰富，造语新奇，对格律形式的驾驭得心应手，这些优点都倾向辛稼轩。不过，严格一点来说，他与稼轩仍有好一段差距。

　　【作品】

虞美人

少年听雨歌楼上，

红烛昏罗帐。

壮年听雨客舟中，

江阔云低，断雁叫西风。

而今听雨僧庐下，

鬓已星星也。

悲欢离合总无情，

一任阶前、点滴到天明。

【语译】

年纪轻时听雨最深的印象是在歌楼酒肆里，常常伴着自己的是那红烛照映下显得昏沉绮丽的罗纱帐。等到步入壮年，听雨最多的机会却是在奔波无定的客舟中，经常面对一望无际的江水和低垂的云层，瑟寒的秋风里一声声孤雁的凄叫，唤起了心底无数的共鸣。

而现在，听雨的地方竟然是在空灵静谧的僧庐下，我的两鬓已经满是星霜了。想想，人世间的悲欢离合到头来总是一场无情的变迁而已。那似乎无休无止的阶前雨啊，就随它自顾自地任意滴到天明吧！

【赏析】

这阕词的章法属于顺叙的那种，主题是在表现人生三个阶段（由少而壮而老）情与境的变化，由于用情深醇、遣词独到，使得全篇充满音、色、动、静、起、伏的特殊氛围，让人了然于心之余，复觉情韵无穷、味况隽永。

人生也许可以比喻成一场考试，钟声将响时，答案已成。这时刻，准备交卷的人的心情，是圆融的喜悦，还是回首的空茫，还是万般滋味在心头，来不及说得清、写得尽，就只好匆匆离座呢？

　　从某一个角度看去，蒋捷的《虞美人》未尝不是一场极丰富的人生经验，至于是否充实、深刻、完满，那只有当事人心里最清楚了。他借着"听雨"的情境，把三个时期的遭遇、感受很顺畅地达现出来。"少年听雨歌楼上，红烛昏罗帐"，真是尝遍了"楚腰纤细掌中轻"的旖旎滋味，这个阶段里正是青春的富翁，感情的浪子，率意走马章台，眠花卧柳，到处留情还自命风流倜傥呢！岁月就像取之不尽用之不竭的明月清风，惬意极了，几曾识人生战场之干戈？"舞低杨柳楼心月，歌尽桃花扇底风"，说不定还不足以倾尽年少气盛的兴致呢！

　　"人到中年原易感，眼看华屋归零落"（元好问《满江红》），慢慢地，人肩上的担子加重了，追逐名利的颠沛，感情失意的创伤，一刀一刀刻了下来。最甚的，还得大丈夫志在外方，天涯海角去漂泊，以证明自己生命的意义并显其价值。在这样不歇不止的奔波、奋斗中，偶尔静下心时，竟会感到莫名所以，究竟所为何来？这时，若是远离亲情、爱侣、友人的话，那种触感唯有"壮年听雨客舟中，江阔云低，断雁叫西风"足以名之了。可是，人生的战场一旦走了进去，恐怕就不是那么容易抽（全）身而退的了。也许有人权位在握，不知老之将至；也许有人心形俱疲，只落得孑然一身，独自品味现实的酷冷与怆悲；也许有人执迷不悟，继续在名缰利锁中挣扎不已。其实，这时正是人生最炽烈的阶段，经由这一场"冰炭满怀抱"的翻滚，人，才逐渐了解什么是真假，什么是善恶，什么是是非，也才有可能认清"自己是什么"。蒋捷的感受是举世滔滔，像一片无垠的阔江；众情倾轧，仿佛江上的翻云覆雨。而他呢，则是一只独自在瑟飒秋风中哀叫的孤雁——蚀心的悲酸、透骨的绝望把他围困住了。

　　中年时见山不是山、见水不是水的仓皇困惑，到了老年，眼前的厚烟浓雾又淡散了去，仿佛又要清明起来的样子。当年"红楼隔雨相望冷，珠箔飘灯独自归"的痴劲，只成了一点依稀的梦痕，如今是彻底的"狎兴生疏，酒徒萧索"了，歌楼听雨，是不识愁滋味的纵情；客舟听雨，是千里故乡梦的黯然，是名利陀螺心的神伤；而今鬓已星星也，听雨的场所居然是在不涉人间烟火的僧庐下，点点滴滴，淅淅沥沥，似乎要洗尽人间的不平与恩怨，这时，听雨的老者的心情有谁能了解？他一生中的幻丽与沧桑，悲欢与离合，屈辱与尊严……都已经沉淀到生命的底层里去，你也许能够从他的眼色读出"多少蓬莱旧事，空回首，烟霭纷纷"的悲凉；你也许能从他的神容中读到"形如槁木，心若死灰"的黯惨；当你读到蒋捷"悲欢离合总无情，一任阶前、点滴到天明"的尾语时，你的感受如何？他是一夜未眠，随着淅沥的雨声，辗转想着一生中的起伏荣辱到天明呢，还是透悟了人生的悲欢离合总是不尽合情理的事实，与其多费心思沉缅，不如一股脑儿拥被入眠，任由阶前的雨滴到天明呢？尽情运作你的想象力去探索吧。

张　炎

（1248—1320？）

　　属于南宋词坛后劲的张炎，出身书香世家，他的父祖辈都工于文学，精晓音律，除了家学渊源的影响外，他还常与同时的词人王沂孙、周密等往来酬唱，更继承了周邦彦、姜夔这一支重形式格律的传统，所以，在南宋词坛上能有自成一家的格局。

　　张炎，字叔夏，号玉田，又号乐笑翁。本来是陕西人，宋室南渡后家于临安（今浙江杭州市），故常自称西秦玉田生。宋亡以前，他过的是湖边醉酒、小阁题诗又不需等因奉此的富贵生活；入元以后，赀产尽丧，曾经北游燕都，可能有入仕的打算，但是，终于落寞南归，浪迹于东南山水间，穷困到以卖卜维生。

　　严格说来，张炎的词作宋亡后方告成熟，充满个人身世的悲慨，亦织进了沉怆的亡国之思。不过，或许是性情使然，加上格律的拘囿，像陆游、辛弃疾那种豪壮慷慨的作品，张炎是不擅其场的。他的词集名《山中白云词》，他很注重音律的和谐，尤其讲究炼字、用事，有时候难免忽略了一篇作品内在的实质，风格比较接近姜夔，比方词作常附一则小序，读来清灵可感。后世的词话家说他的词的长处是"婉丽"与"空灵"，虽然说得有点空洞，但还是值得我们参考。

此外，他还写了一部《词源》，是他研究词学的心血结晶，也是他在词的创作上所努力遵循的一个理论方向。如果说张炎为两宋词的结束者，他是当之无愧的。

【作品】

八声甘州

辛卯岁，沈尧道同余北归，各处杭、越。逾岁，尧道来问寂寞，语笑数日，又复别去。赋此曲，并寄赵学舟。

记玉关踏雪事清游，
寒气脆貂裘。
傍枯林古道，长河饮马，此意悠悠。
短梦依然江表，老泪洒西州。
一字无题处，落叶都愁。

载取白云归去，问谁留楚佩，弄影中洲？
折芦花赠远，零落一身秋。
向寻常、野桥流水，
待招来不是旧沙鸥。
空怀感，有斜阳处，却怕登楼。

【语译】

记得风雪中出边关同游的事吧？即使穿上貂皮裘衣也抵不住那阵阵袭人的寒意。那时站在古道枯林边，解下马儿让它们到长河去饮水，心中的情味真是悠远无尽哪。北游匆匆像一场短梦，醒来依旧身在江南，一见杭州，更是老泪纵横。而今，一个字都无从题起，只见遍地的落叶染满了愁绪。

好友来访后，又驾着白云归去了。有谁会在楚江中留下佩玉，将他依依不舍的身影留于中洲呢？聊且折一枝芦花赠给远方的人，想到一身零落，不觉满怀秋意。独自面对熟悉的野桥流水，轻轻呼唤，飞来的却已经不是旧日的沙鸥。唉，徒然触景添愁，每有斜阳西下的地方，都害怕去登楼望远。

【赏析】

南宋的词家由于情势使然，故所填的作品多属亡国之音，尤其愈到末期愈有大势已去的颓丧感，如果我们能对此种社会意识给予某种程度的包容，那么也才能仔细品味出另一种风貌的艺术成就来。《八声甘州》有边境音乐的格调，带着悲壮苍凉的意味，张炎拿它来填写家国之痛和身世之感是颇合适的。宋亡于元以后，他曾北上元都，但是，并没有得到什么被起用的机会，尔后便流连作客于浙东、苏州一带。这首作品便是在北游归来益加落魄失意的心情下写的，此时的张炎四十五岁。

上阕前面五句怀想昔日与尧道诸好友北地交游的情景，"傍枯林古道，长河饮马"不仅意兴豪逸，简直可以入画了。"寒气脆貂裘"的"脆"字可见炼字之精，音感、质感呼之欲出。可是这一番仓促的北游只像一场来不及抓住的短梦，猛然醒来，发现自己依旧身在江南，面对残破的山河故国，只有轻洒老泪了。相传东晋时谢安与羊昙颇为相知，谢安扶病回都时曾经过西州门，谢安死后，羊昙怕触景伤情，每次出门都故意回避这条路。有一回羊昙大醉，不觉行过州门，连呼回驾，痛哭而去。词中"老泪洒西州"一语即借用此典故，聊寄家国之思。西州则借指杭州，张炎先世虽然是陕西人，但他长久寓居杭州，所以他流泪怀想的家应该是这里。也许，除了个人的离情悲感之外，举国"直把杭州作汴州"的萎靡作风也相当刺激他，这双重苦闷的逼压下，无怪乎"一字无题处，落叶都愁"了——语言对于最大的沉痛是无能为力的，你只能用感觉，感觉到每一片落叶都是愁惨的化身。

下阕表明自己选择山中白云的生活方式（张炎的词集名《山中白云词》亦是此意），可是仍忍不住眷念故人之情（这份情谊在此词的小序里写得极凄婉），他借着《九歌·湘君》的句子：

捐余玦兮江中，遗余佩兮醴浦。
君不行兮夷犹，蹇谁留兮中洲？

隐喻一种萦怀无已的情谊，非常的含蓄悠远。底下转入极愀怆的情调，"折芦花赠远，零落一身秋"，既说自己飘零的身世，兼指国家萧飒的处境。"向寻常、野桥流水"，写当下隐居的闲适；

300

可是，"待招来不是旧沙鸥"，恐怕就语意多重，表面上慨叹元人入主中原，连禽鸟都属于彼，非昔时旧物矣，骨子里未尝不暗写人事变迁的巨大，旧友们都各有去向，再也难像以前那样的呼朋引类、傲啸江湖了。

末了三句："空怀感，有斜阳处，却怕登楼。"实在是沮丧到极点，故人的零落，山河的易主，总合成今古兴亡的沧桑，而这一切怀古伤今，充其量只落得一个"空"字罢了。"怕"字更道尽一个读书人最内里的怯懦，同时也反衬出一个时代的创伤是何等的深入。张炎常用"怕"字，除了词人多愁善感的心灵素质外，我们应该还能体会出一些别的东西来才是啊。

【附录】

高阳台　西湖春感

接叶巢莺，平波卷絮，

断桥斜日归船。

能几番游？看花又是明年。

东风且伴蔷薇住，

到蔷薇、春已堪怜。

更凄然，万绿西泠，一抹荒烟。

当年燕子知何处？

但苔深韦曲，草暗斜川。

见说新愁，如今也到鸥边。

无心再续笙歌梦，

掩重门、浅醉闲眠。

莫开帘，怕见飞花，怕听啼鹃。

【语译】

丛丛密接的绿叶中，有些黄莺的巢隐结其间。平缓的水波卷起飘落的柳絮，斜阳下，孤山畔的断桥点缀着三三两两的归帆。一辈子里能有几回的游春呢？要看赏这样的花景又得等待明年了。东风啊，你且伴住蔷薇；可是，每到蔷薇花开，春色已阑珊可怜了。更教人凄然的是，那西泠桥原先盎然的绿意，竟也不得不残为一抹荒烟。

谁知当年的燕子如今在何处？长安城南的韦曲胜地已经长满了青苔，而江西有名的斜川景致也已暗草丛生。听说那最自由自在的海鸥，如今也染上了新愁。我是没有心思重续往日繁歌华舞的旧梦了，只想掩上重重门户，带点轻微的醉意，悠闲地睡进梦乡。再也不打开帘子了，实在是怕见残花飞舞，又怕听见杜鹃"不如归去！"的哀啼啊！

《中国历代经典宝库》总目